漠上花开

BLOSSOMS IN DESERT

王玮 著

上海三联书店

本书乃国家级一流本科专业建设点——汉语言专业、兵团高校思想政治工作培育建设项目——胡杨精神视域下国家级一流本科专业汉语言专业课程育人体系构建研究、校级重点学科——中国语言文学、校级一流本科课程——外国文学等项目资助出版，乃塔里木大学中文系文学课教学实践成果。

穿越凡尘的生命体悟

　　在时间的挤压、迷茫和惶恐中我们走过 2020—2022，这三年让"时间"显得有些不真实，因为每每回望，我发现我前期记忆的终结点似乎都停留在 2019，2019 也仿佛就在昨天。2020—2022 这三年于我而言几乎所有的印记都是模糊的，抑或是我记忆选择性地把它们屏蔽了；而这三年也让随后的 2023 显得有些仓惶而急促，几乎所有的人都在经历一次从心理到身体的突围、试探、放逐和狂欢，平安健康地活着这一质朴的内心选择在日益疯长的物欲被无限激发和放大的当下再次回归生活本身，而那些逝去的生命和时间却被隐匿；真实存在于我们身边的每一个人、每一件事依然行进在"时间"的旷野，无法停歇，凭借意识停下来的只有自己的心境，那些奔突的车辆、人群的放逐与狂欢的尽头或许是对生命的一种理解和释放，但生命与时间的意义和尽头又在哪里呢？

　　2024 年初拿到王玮《漠上花开》的书稿，这是她结集成册的第一部诗集，受她的邀约写一篇关于这部诗集的前序，这让我有幸成为第一个完整阅读这部诗稿的人。面对《漠上花开》的阅读，在有些繁杂的事务性工作之余我的阅读时间是促狭而压抑的，我只能在时间的夹缝中静下来一遍遍阅读，仿佛也就在这样的促狭压抑中我发现自己的情绪空间找到了一条通向阳光的意念通途，这似乎是一个自我救赎的过程，我开始接受所有外在的忙碌与挤压，努力让自己耐下心来完成职业生涯在责任和义务中必须要完成的事情，而此时阅读成了另一项任务，也成为期待，因为它可以让我在俗世的繁杂之余穿梭于一个个晶莹剔透的语言之间，像在海滩捡拾唯美的贝壳，看到它们漂泊被海浪打磨之后依然美丽的外形；这是一个与俗世的繁杂忙碌并不冲突的平行世界，我可以在这个意念的平行空间里实现与诗歌的对话，体悟生存的另一种可能。很喜欢王玮这部诗集以《漠上花开》为名，因为在这个离沙漠最近离大海很远的地方，我们体验最多的就是干燥、风沙与荒凉，绿色和生命对于一个敏感的诗人来说就是诗性的，每一朵盛开的花更是诗性的，这是生命的状态。很惊讶也很惊喜王玮在结构这部诗集时由"7"辑299首诗组成的自觉意识，因为"7"所蕴涵的文化是非常丰富的，"7"这个数字在英语国家的文化中是一个神圣而又充满神秘色彩的数字，它对西方文化乃至整个世界的文化产生广泛而深远的影响，它影响着人们的工作和生活的方方面面；在中国传统文化里，"7"其实是阴阳与五行之和，这是儒家所意指的"和"的状态，也是道家所意指的"道"或"气"，都与"善""美"有着密切的联系；此外，现行的通用历法中的一周为"7"天，有周而复始之意，而黑夜白昼、四季更迭是时间的轮回，每一种生命也在这不自知的周而复始的轮回中走向此岸抑或彼岸的世界。《漠上花开》这"7"辑籍由明喻、暗喻、隐喻所体现的从新生命的诞生、成长、迷茫、沉淀、蓄力、重生、华丽回归来完成对自己生命历程的一次梳理。

　　作为一个诗歌评论人这些年我把关注的焦点转移到了深居塔克拉玛干大漠的一批诗人，跟随他们的写作体会人生种种心境际遇，感悟自然给予的纯净生命之美与极致体验荒芜之中的诗性，感受每种存在的不易，也在极具日常碎片化的阅读中感悟身边这些年轻学人的创作与成长，王玮就是其中之一。读《漠上花开》有一种跟随诗人游移心境的体验美感，让我想起承桓的那首《我会等》中所唱："我想学一个遨游太空的魔法／把所有心愿都在夜空种下／陪着所有星星在梦里越长越大／我想风也不知道它该要去哪／我想落叶也会偷偷想家／学会了眼泪当做汗水偷偷地擦／我会等枯树生出芽开出新的花／等着阳光刺破黑暗第一缕朝霞／我会等一场雨落下把回忆都冲刷／再与你一起去看／外面世界到底有多大"，来疆工作十六年的王玮让我们等到了这部"漠上"盛开的花。《漠上花开》的写作是建构在每一个生活日常中的，这种积累可以说既是时间的积累更是生命感知的积累，这也是王玮在写作中对"时间"与"空间"两个维度来探索生存体验的尝试。《漠上花开》一共299首诗，分为七辑，并没有按照写作时间来编排，而是用"7"这个数字来结集串起这些散落的诗话碎片，这七个部分每个部分自成章节又有潜在的内在逻辑关联；诗中日常生活影像与心灵感悟独白各自成像又相互辉映，入世与出世的心灵状态在诗人的写作意念中自由转切，尘世的烦扰与心境的磨砺呈现在诗歌语境和意象的建构之中，日常化的生活碎片被意念中的诗性坚守连接起来，周而复始的当下生存状态与自然春夏秋冬四季更迭被诗性语言闪亮提升，完成从烦琐庸常的困顿到心灵世界自在自得的华丽蜕变；荒凉的大漠禁锢不了任何一朵生命力强劲的花朵盛开；也正如王玮自己所言"诗人在我看来并不是一种身份，而是一种生命状态。"《漠上花开》这部诗集恰好描述的就是这样一种生命状态。

在浙江大学攻读博士期间王玮以艾米莉·狄金森为研究对象，并对其诗歌进行翻译，可以说研究和译介艾米莉·狄金森并非易事，无论从文化差异还是对女性性别的思考都让王玮必须要跨越一些障碍，这些障碍有语言的、文化的，要在众多的译本中突围出来，真正让艾米莉·狄金森成为艾米莉·狄金森，这需要的不仅是扎实的英语功底，也需要有扎实感性的文学功底；这些要跨越的障碍还包含一个普通知识女性在现实生存中为人妻为人母的幸福、懵懂、惊喜、疲惫、挣扎与思索，如何让她译文中的艾米莉·狄金森成为跨越这所有障碍，成为中国人喜爱的艾米莉·狄金森，可以说在这样一次次的突围中，王玮做到了自己想做的。2023 年上海三联书店出版了她翻译的《艾米莉·狄金森诗歌全集(全三卷)》，获得极大的好评。作为一个译者和一个创作者，她依然需要跨越一些障碍，因为她更清楚自己需要什么，而作为一个诗人可以真正做到我手写我心是非常难的，而且这个写作的过程受艾米莉·狄金森的诗歌影响非常大，王玮需要突破的重围依然是她自己。

《漠上花开》的诗歌中出现很多世界文学经典及其中的人物，如辑三中的开篇以"戈多，回吧"为标题，把爱尔兰现代主义剧作家塞缪尔·贝克特剧作《等待戈多》的荒诞人物戈多和相似的情节呈现出来，"也许你已在路上／也许你从未上路／而我已不再等待／在等待中空耗／　我必须在荒地上种植丁香／面对这积雪融化后的荒凉／回忆和欲望依旧折磨得／我疲惫，所有的泪水都化作／　期待的春雨／　根芽迟钝／在这干枯的球茎里／却包藏整个春天／桃花落了又开／世界依旧美得令人迷醉"，这些诗句中再现了一些荒诞的情节，但语言却是困顿的，如果说贝克特用前所未有的手法《等待戈多》来展现现代人这种生存困境，那王玮的这首诗就在给我们呈现她所经历和感受的困境。在这样的困境之后是自嘲，同样在辑三中《杜尔茜内娅的低语》就非常有意思，"杜尔茜内娅"与"堂吉诃德"的低语充满了画面感，诗人成为一个看客，当然诗人在这里其实也是"杜尔茜内娅"，还是"堂吉诃德"，荒诞自嘲无奈扑面而来：

老唐·吉诃德，还要继续向前吗？
你的双眼已疲惫
你的世界已破碎
那些谩骂、讥嘲和攻击
比身体的创伤还要疼痛

偃绝不了的哭声啊
遍地的贪婪、腐化和愚昧
灾难一波又一波
独臂难支，哪里是尽头？

故乡的炊烟已升起
何不归去做乡绅，
受人尊敬乐陶陶？

"世界已苍老，
唐·吉诃德尚年轻！"

哦，桑丘·潘沙陪伴着
那个疯子又继续
催马向前——

《漠上花开》这部诗集的写作满含生活的纯粹和文学的纯粹，王玮的这 299 首诗来源于生活中的每一次感知与触碰，它们给予写作灵感，并把文字重新赋予生命。在《尘世有一双翅膀》这首诗中王玮在给自己说："你要贴着文本飞翔／像飞鱼轻轻划开水面／自由地潜泳／倾听来自大洋深处／鲸鱼沉重的呼吸／珊瑚虫们细微的歌唱　然后一跃而出／获得俯瞰的视角／辽阔的海洋／岛屿，险滩，陆地／广袤的宇宙／浩瀚的星空　这一切都将成为我／这一切都是我／我是至卑微的／我是至崇高的　我的灵魂，我的肉身／我的肉身，我的灵魂"；在《礼物》这首诗中可以看到诗人的自足与自知，"房屋之外是我巨大的园子／囊括大千世界／万紫千红／大漠，塔河，雪山，星空／大鱼在深海沉重的呼吸　你在院落的一角／看天鹅／我在窗前赏落花／我们还有许多事要做／为了这一份辽阔的拥有"；在《成长》中我们还可以看到一幅带有群像特质的自画像，"她想学蜘蛛结网／结果反被网缠身／她只能蜷伏在黑暗里／想象着蝶翩飞／她收拾破碎的自己／终于还是做了织工／要修补得细密／还要加上装饰／每一个伤口都是一朵花／每一朵花里都藏着艳丽的疼痛"；《生活的可能性》这首诗书写的是诗人困顿中的心灵慰藉，"生活的可能性需要想象力／底线之外是广阔的空间／大地之上阡陌纵横／百花争艳，百鸟争鸣／长空如镜，星罗棋布／但丁凭借维吉尔的指引／穿越地狱，抵达天堂"；在《空悟》中我们看到诗人对"空"的理解充满了哲思，"太阳落下，群星升起／对世界的信赖源于内在／每一个空杯都盛满了宇宙"。在《漠上花开》中我们还可以看到色彩给予诗人的灵感，特别是蓝色，有《蓝鸢尾》《有种幸福是蔚蓝色的忧伤》等，诗人赋予蓝色"忧郁"的情感；其中"蓝色豹子"建构起独属于这部诗集的意象。诗人关注这个世界的一花一草一木和身边的每一个微小的存在，使得《漠上花开》多了些悲悯的情怀，如《十二层楼上的蟋蟀》。

　　总之，《漠上花开》是一部非常值得一读再读的诗集，作为她的朋友和同事，我相信这部诗集的出版对王玮的诗歌创作来说只是一个开始，相信在未来的日子里，她一定会做到心有繁花一路芳华。

肖涛

2024 年 7 月 22 日于塔里木大学

自 序

我从未想过要成为一名诗人。诗人在我看来并不是一种身份，而是一种生命状态。我想我们每一个人活着，不必都成为诗人，但都应该有诗意。我曾经在课堂上问那些刚来塔里木大学求学的新生，上课路上有没有看到金色的胡杨，学生都说没有注意，课太多，作业太多……我让他们想一想如果我们因为太忙碌而无暇顾及身边的美，那么我们是什么？他们恍然大悟，失去了对美的发现与惊喜，我们不过是学习、工作的机器，宛如行尸走肉。恰是对美的感知，对生命的感动，对生活的体验……让我们成为人，成为一个生动活泼有思考有觉知的人。

成为人，活出一种诗意的生命状态，是否就意味着不会痛苦，不会迷惘呢？答案一定是否定的。成为人本身就意味着去担当我们生命的苦痛和迷惘，接受生活中的不安和摆荡。当我们不知道自己是否真的活着的时候，我们恰是借助疼痛，去拧自己一把，咬自己一口，来确认自己的存在。我们是哭着来到这个世界上的，却要学会笑着面对一切。生而为人，立于天地之间，我们就像那些高大的树木，根越往那黑暗的深处扎，枝干就越往那高远处伸展，能够承担多少痛苦，就能够享受多少幸福。我们需要在与痛苦的搏击中，与现实、想象的对抗中彰显自我。诗意，并不是生命的一种轻飘虚浮的状态，它醇厚清冽，如雪山耸立，有着灵性的闪光。

好诗一定是照亮，让我们更清晰地看见，更直接地感受，它帮助我们成为更好的我。这是我们人类在追觅诗意栖居、自己的神性的过程中凝结出的甘露、琼浆。这种诗意的栖居，神性的发现，我想并不与我们的肉身、现实、动物性等相悖，它们是合一，骄傲于自己为人。我活得并不聪明，事实上我在犯傻的路上一路狂飙。我感觉这种犯傻是从高中选择文理科开始的，或许更早是傻而不自知，一直到我今天在这大漠边缘与我们的学生、孩子，当然也包括我的同事，一起读诗，写诗。我不介意自己再任性一点，豪奢吧，成为那个闪光发亮让自己喜欢的自我。不管已经多少岁，依旧会对自己说"我爱你""你不知道你自己有多好"。这是我时常对我的学生讲的一句话。是的，我喜欢他们，我想让他们了解和认识他们自己，成为并守护这个自我，不让她／他蒙尘含垢，被毁损。这并不必然与成为那个世俗意义上成功的自我相冲突，而是我要以这个真实的我所悦纳的我去赢得你的喜欢。我们首先为取悦自己而活着，学会爱自己才能真正地爱他人。心灵是一个空间，必须要以喜欢的事物填充、满溢。让我们所欢悦的成为自己的信仰。如此，那些不喜欢的讨厌的才会被挤出去、远离。

艾米莉·狄金森说："诗人只把灯点亮－／他们自己－离去－／他们激活的灯芯……每个时代透镜一块／折射出他们

的／圆周 –"[J883(1864)/F930(1865)]曾经有人问点蜡烛的守夜人："你点它有什么用？小小一根蜡烛，不能驱散这漫漫长夜。"守夜人回答："我没想过驱散这黑夜，我点起这根蜡烛，不是想改变黑夜，只是要让黑夜不要改变我。"我喜欢艾米莉·狄金森的诗，当然也喜欢许多诗人的诗，作家的作品，我喜欢这个故事，还有许多故事……您看这盏小灯、这只蜡烛并非为驯服黑夜而存在，却的确让夜色温柔，也为黑夜里流浪徘徊的人提供了方向。我被他们照亮，也希望这光能够传递给你们。

《漠上花开》这部诗集是我来塔里木大学工作以后写下的，是我在这里教学、科研、生活的凝结。我精选了299首诗，这些作品有的曾经发表于《江南诗》、《诗歌月刊》、《文学港》、《绿洲》、湿人聚乐部、阿拉尔文艺等杂志与网络平台，更多的是分享在我的朋友圈、QQ空间。它们是我作为一名兵团高校教师，一位妻子、母亲、女儿，一个从祖国东部到西部的迁徙者，一个从南疆到江南的求学者，一个从事比较文学与世界文学的研究者等多个角度呈现出的梦想、冲突、挣扎与成长，有着我对学生、孩子等身边人的鼓励、期许。我们都并不完美，却可以一起去追寻完美，更好地守护我们生活的这个世界。

我在诗歌阅读、研究、翻译、写作过程中也见证了更多诗歌的产生，能够走上这条路，当然得益于我的老师、同事、同学等周边人他们给我的启发与唱答。肖涛教授是我来塔里木大学工作之后的指导老师，她是诗人昌耀的研究者，也是一位诗歌创作者，她的诗既可以大开大合，也可以细腻唯美，她是我在塔里木大学诗歌创作的引路人，一直以来的支持者与鼓励者；张德明教授是我在浙江大学读博时的导师，他集诗歌研究、翻译、创作于一身，同时还精研画艺……让我明白何为"知行合一"，一个理想的人文学者的模样；胡昌平教授也同时从事诗歌研究与创作，他温润宽厚、低调谦和，在我成长的道路上也同样给予了太多鼓励与支持；崔有为教授诗情澎湃，我见证了他自我觉醒与创造的过程，我们相互激励，一起向前。阿拉尔市作协的霍玉东老师、代敦点老师、刘二伟老师……他们都以自己的在地化创作给我启发和激励。还有我的学生，我惊喜于他们从不可能到可能的转变，痴迷于那些令我惊奇的诗句，尤其是汉语言专业少数民族学生他们在用汉语进行诗歌创作时所碰撞出的陌生化的语言魅力。我也曾带着我的女儿去参加第一届义乌骆宾王国际儿童诗歌大赛，惊叹于我国因经济发展而带来的文化自信，儿童诗的繁荣。我的学生毕业了，他们中的许多人成了中小学教师，2023 年我收到了我的研究生丁紫梦带着她的学生写下的诗歌集，嘱我作序。这是当时我写下的：

　　时间如白驹过隙，紫梦毕业工作已近一年。她是2020 年考入塔里木大学学科语文教育硕士专业，成为我门下的一名硕士生。紫梦是跨专业考过来的，她对语文专业是真爱。紫梦爱思考，爱表达，语言功底与文本细读能力很好。我一直相信她会成为一名特别优秀的语文老师。没想到她带着一群孩子，很快就带给我惊喜。她发来一部她的学生们写下的诗歌集嘱我作序。

这些孩子们的诗歌是优美的，充满灵性的，充分表达了他们对世界的爱与对美的欣赏，对自我成长的思考。我想一位优秀的语文教师，是诗性的，是反内卷的，他／她能带领着孩子走进诗性的世界，激发、培育孩子们的诗心。英国伟大诗人威廉·华兹华斯说："儿童是成人之父。"衷心希望紫梦能与自己的学生共成长，写出更多优秀的作品，实现诗意的栖居。

"童一首诗，同一个梦"，我们是一个诗的国度，需要以"诗育"阔开我们生命更丰富的空间。我生活在这座边疆小城阿拉尔，工作在塔里木大学，一座离北京最远、离沙漠最近的大学。塔克拉玛干大沙漠就在我身侧，塔里木河从我生活的小城旁边悠悠地流过。沙尘暴是这里的常客，孩子们很小就会喊："沙尘暴来了——"是诗歌为生活插上了想象的翅膀，让我富甲四方。我感激、由衷地热爱这一片空旷辽阔之地，生命里的这一片大沙漠，这一条流不到海的悲壮的河，我在与胡杨的对话和参照中去了悟、实现自我。在宇宙的这个荒漠里，有幸有你相逢在这颗蔚蓝色的星球，共享一段"被抛入"（海德格尔）的人生，愿我们一起读诗、写诗，感受诗的力量。

特别巧合的是，也恰是在今天，中国学位与研究生教育学会官网公布了《研究生教育学科专业简介及其学位基本要求（试行版）》，"中文创意写作"正式列入中国语言文学二级学科。这就意味着文学教育不仅包括文学研究，也包括文学写作，中文系不培养作家的这种说法，可能到此结束。而我们培养的学生现在有的在《绿风》杂志工作，有的其诗歌创作在国内已经小有名气。青出于蓝胜于蓝，大漠、塔河、胡杨，一座被光照耀的城市，一所由王震将军创办的大学……我喜欢我所从事的工作，热爱我所生活的地方，愿这大漠边的绿洲能够盛开更多美丽的花朵，愿我们相伴而行，共同成长。来读"我"吧——

那么，读吧
你是自己生活这本大书的
唯一读者

充满耐心，满怀好奇
给它更多尊重和珍爱
仔细认真地读吧

太过琐碎，太过具体
充满令人厌倦的细节
情节纷繁复杂

没有前言，没有续章
没有字与字的空白与断裂
也没有标点符号

未来掩藏在雾里
无法跳读
不知所终

一页一页地翻过
一帧帧，一秒秒
就这样读吧

河水湍急
或者水流平静
不知哪里会有大漩涡

掩藏着嶙峋怪石
甚或悬崖飞瀑
沿途的风景

惊心动魄
风光旖旎

平淡乏味

都仔细认真地读吧
有时抓住一丛水草
就让它在记忆里招摇

猜测接下来的书写
是想要延续多久
抵达何处

满怀悲悯心存感恩地读吧
一个我在尘世里摸爬滚打
哭泣哀嚎

被生活抻拉得疼痛
考验无止无休
一个我坦然接纳

轻抚安慰
为什么不能是我呢
不要浪费这赐予
不解其义，信息密集

需要有点文本细读的功夫

如此才有趣

以缓慢追逐快捷

以闲散捕捉忙碌

以一颗诗心陪伴疲惫的肉身

来读"我"吧

读着，思考着

在不安中踌躇，动荡

一点点地

生长出内心的安宁

喜乐

王玮

2024 年 1 月 22 日于新疆阿拉尔

目　录

辑二　大地开始赤裸它的忧伤

辑一

让我来告诉你你的力量

你的力量

作为一个人，你可并不渺小
你是一个宇宙，包藏整个世界
你在改变并创造，你可以从无中生有
那对因你到来而欣喜、忙碌、焦虑的小夫妻
再也回不到从前的二人世界
你是鲜花，雨露，与雷霆
你是回归，变化，与惊奇

一阵旋风陪伴你进入幼儿园，小学……
从此世上多了一个安静的、调皮的、善良的、幽默的你
如果没有你，你的好朋友会过怎样的童年？
你将来生命中的恋人又会和谁在一起？
哦，也许，你们还生了孩子……

今天，你的笑容如蝴蝶拂动我的心
明天，一朵莲花穿透淤泥的绽放
你荡起的小涟漪又会引起怎样的波浪？

因着一次发射而带来的宇宙大爆炸

又会给世界带来何等的改变？

当自卑在内心涌起

我知道此生普通，平凡
注定被遗忘
那就做个被自己尊重的普通人
活出独一无二的个性

享受做普通人的快乐
尽一个普通人的本分
我向万物学习谦卑
热爱自己的模样

饮了这一杯

饮了生活的这一杯
即便它是鸦片酊
我为你长醉
来，干杯!
何必要问明天?
生活就是觥筹交错
生活就是五光十色
生活就是荒诞不羁
生活就是了无深意
让我们长醉
永不复醒
安歇，在火山
在大漠
在风暴的中心

如果诗歌可以……

如果诗歌可以……
那么它早已张开透明的翅膀
护在那些善良的可爱的受苦受难的人身上
只可惜，它也只能发出一声
痛苦的哼痛，在病毒的侵袭下
苟延残喘……

其实我只是记录，为疼痛、惶恐
希冀、祈祷，赋予形式
人不可能两次踏进同一条河
却可能被同一块石头绊倒

请不要只是赞美、致敬

请不要只是赞美、致敬
我们应该羞愧
羞愧被一群勇敢者保护着
羞愧自己的沉默
羞愧自己的发声
羞愧自己的忍辱偷生
羞愧自己的愤怒
羞愧自己的无能为力、无所作为
羞愧自己面对恶时的所谓宽容
羞愧自己面对善时的退缩
羞愧自己心中的火焰无法照亮自己
羞愧丹柯举起的燃烧的心
羞愧白衣天使们赤膊相拼
羞愧这一切的发生
羞愧明天太阳照常升起

木心说："我爱的人、事、物，是不太提的。"
羞愧我却把他提起

夜里，悲伤纷纷落下

夜里，悲伤纷纷落下
厚重而洁净
覆盖苦难的大地
这是我们的印记

凭它，我们认出彼此
相互照亮，吹着口哨
熬过黑暗……

为了那一份行走尘世的从容

要像一棵树
独立在荒野

枝叶与风与云相嬉戏
迎接雷鸣闪电与霜雪

根在神秘黑暗的地底游走
寻觅一方永不干涸的泉

鸟儿会来
虫子会叫

你也会把所有的叶子送走

爱的习练

一棵树
永远无畏无惧
将自己筑成
世界的一个巢

守护者

像是一朵朵跳动的火焰
奔向枯寂的人群
霎时点亮那些毫无生气的面庞
呆滞的眼睛里放射出光彩
何必以冷漠守护热情？
何必以僵硬对待灵活？
何必在寒冬里再泼冷水？
言语的棍棒抽打着皲裂的老树
也摧残着幼苗——
请做这一朵朵小小火焰的
温柔的守护者吧！
永远追慕着光——
陪伴着他们
穿越荒凉的小径
钢筋水泥的丛林
光滑如镜的水面
一起回家——

致 雪

为何如此匆匆？
来不及唤醒岑参的梨花，
把这一场惊奇的戏法完成，
难道天堂也太过忙碌？
需要安慰的太多，
他们中许多，应该还不太适应，
是不是有些想家？
有没有太过拥挤？
湖上的冰面又扩展了一圈，
野鸭们在方寸间的水塘游弋，
顶着绿色的脑袋，
奋力拍打着翅膀。
当警报声响起，
黑色的悲伤袭来，
白色，纯洁而神圣，
短暂地，把天地拥在怀里——

不要爱上这风雨如晦

不要爱上这风雨如晦

还是要迎着春光走去

春雨会使荒凉变得更为荒凉

她把南国的冬赐予了大漠的春

空气冷冽锐利如针刺

却也洗净了尘埃

挂出了云朵

让天空幽蓝得令人想哭

柳绿花红

世界仿若第一次摘掉了面纱

看清了美也就看见了丑

那些潜伏在混沌之后的凶恶和贪婪

张牙舞爪地在面前呈现

俄狄浦斯祈求

请赐他一双更明亮的慧眼

来把这天上人间

古往今来

最可怕的最美好的

——看遍——

赠毕业生

永远像燕子
小爱轻啄
掠过天空
掠过大地
化作一串音符
一道闪电
划破暴风雨前的寂静

山水含笑
空灵自由
追逐着光
渴慕着温暖
做一个归去来兮的
迁徙者
把古老的寓示传扬

有时雾打湿了翅膀
有时道阻且长

有时远隔天涯

有时永不再见

但你永远是我心中的光亮

我的欢笑

我的爱

我飞翔的动力

我生命不竭的源泉

欢声笑语的清晨是夏日

盛开的天山云

粉红的心情

多少依恋

多少祝福

多少希冀

桃李芬芳

何惧风沙

采撷一缕大漠的阳光

把它珍藏在心里

注入更多的甜

催开更绚烂的花

与诸生同勉

飞吧，飞吧，善用你的翅膀
冲出层层拘禁的迷宫
摆脱大地的羁绊
太阳酷烈，海水汹涌
自由通过勤谨的自律获得
天空辽阔，家园迷人
那一声啼鸣
动人心魄——

不要醉得像太阳

我把窗帘拉上
让星星睡觉
让月亮睡觉
或者，若是想狂欢
那就狂欢
只是，不要醉得
像太阳
把玉液琼浆
灌满了枝头

晚安，宝贝

讲完故事
亲亲小脸蛋和额头
"晚安，宝贝"
"晚安，妈妈"
"我爱你"
"我也爱你"
"好好睡觉"
关灯，退出
"妈妈，门留一条缝"

独自面对黑暗
面对广大的世界
那里有野兽出没
会穿越到侏罗纪，白垩纪
有植物大战僵尸
有小精灵，有魔法
有骑士大战恶龙
有聪明的小鸡勇敢无畏

轻浮之物

那么明亮那么荒芜

欺骗了世人千年

我们最擅长自欺欺人

把最美好的情感寄托给一块石头

被引力系附于太空中的轻浮之物

宇宙的空洞冷漠，那渺远的回音

未曾让一个旅人回家

何必去追随那些天边外的神圣

我们只是对自己的念力

心生惊奇

愿有星光照耀——

看月亮的小狐狸
花草给她以庇护
蜗牛的小屋子里
有她安谧的一个小角落
这斑斓的人间
我们一起背靠着荒谬
写一些小诗取暖

攫住一缕春光

要在逆境中，

把俯视墓穴的悲痛化为仰望星空的力量。

——雨果

2022 年的春天比往年都要美

走进这春光里

自由地徜徉

让光与影都徘徊在心里

领受大自然的神圣与抚慰

我喜欢你是欢笑的

我喜欢你是寂静的

我喜欢你的忧郁与悲泣

我喜欢你把世界装在心里

开放自己的感官

让爱与美、伤痛与绝望

全部排山倒海而来

我是沙滩上的一条鱼
俗世里的一只蜜蜂
我执拗地爱着那寻常的一切
贪婪地渴求生命的甜

铁链、战争、瘟疫
千疮百孔之下多少人的挣扎
那些远方的哭声与呐喊
近处的迷惘与沉默
让人无助、疲惫和窒息

沙暴袭来的时候
万物坚忍
攫住一缕春光啊
沉重的生活要轻盈地活

大洪水

你也在水里吗？
还是在岸上？
那坐在山巅的，
我们不再仰望。
雷霆，霹雳，
地震，海啸，
我们共担——
用爱筑成方舟，
在永恒的死亡来临之前，
还有许多
值得为之而活——
必须要忍耐，等待，
等待鸽子飞来，
绿色的橄榄枝呈现——

以一棵树的模样立在大漠

如果一定要有伤害
那么所有的痛楚
全部由我来背

我流过泪
疼痛依旧如河流冲刷着堤岸
烈火焚烧

但喜悦也如风中的叶子
自在招摇
发出哗啦哗啦的喧响

内心的海蔚蓝
脚下的土地黑暗
头顶的阳光炽烈

这脆弱的身躯

也如钢铁化成绕指柔
守一处清凉

起来，不要再做梦

起来，太阳已经升起
不要再做梦
白昼自有白昼的梦
当阳光把污秽黑暗的角角落落
全部照彻
我们还可以做一些美好的小事
比如抬头看看蓝蓝的天
朵朵的白云
层层叠叠的叶子
盛开的花
把嘴角上扬
用手指划一划空气
感受生命的拂动
用自己的努力
让世界更美好

近与远

那么，就做一个生活化的人
每天关心粮食和蔬菜
关注油盐酱醋茶
酸甜苦辣
在方寸之间
创造喜乐

鸟儿有翅膀
我们有书
收束目光
注目身边的悲喜
放逐诗和远方
思想活着

拥 抱

我们属于我们自身那并不完美的部分
我们由自身的阴影定义
一个有死的凡人

喜怒哀乐，七情六欲
生存与毁灭的困扰
持续在心灵的剧场上演

这一个区别于那一个
肉身可以复制
思想、性情却难以克隆

生命属于意外——
所以我们背着自己的小行囊独自上路
以我们的缺憾寻求着圆满

鸡尾酒的味道

这样的结果
内心竟然有一种小欢喜

我的胜利是失败
我的赢得是放弃

我在此处抵达远方
我在远方回归故乡

这半山腰的风景
兼具低谷的忧伤与山顶的喜悦

鸡尾酒的味道
在午夜

后 退

学着后退一步
逸出中心
赢得观看的自由
更宏大的视野

一粒微尘
回归自身
惊诧内在的宇宙
外在的恢弘
平凡的瞬间

爱的形式

喜马拉雅山说："我喜欢你，
以高耸、连绵、威严、冷漠的方式。
无论你喜不喜欢，我都在这里。"

大地静默无言，只是奋力托举，
喜欢，就以令它傲娇的方式，
成就珠穆朗玛峰的傲岸，冷峻。

登山者奋力攀爬，用生命膜拜，
挑战，以小小的身躯触摸伟大，
领受崇高，感悟渺小。

我们均以自我的方式，爱慕，
征服，趋近并远离。

那些使我们快乐的自有穿透的力量

想一些快乐的事
它们是生命里的灯火
是刺穿坚硬的泥土
和虚无空气的嫩芽

你看马蒂斯的《舞蹈》
一次又一次
挥毫泼墨

忘我，投入
火热的激情
酣畅淋漓的沉醉

简单，纯粹
强健，阳刚，阴柔的美
融入蔚蓝的天空
碧绿的草地

就如悬崖上
天鹅的绝唱
鹤的飞翔

火 洗

现在就隔着这道墙了。
穿过地狱，熬过炼狱，
维吉尔站在火焰里：
"这里会有痛苦，
但不会有死。"
"现在把一切畏惧抛掉，
放心走进来吧！"

但丁迟疑着，固执不动。
"怎么，我们要待在这边吗？"
俯视炼狱、地狱中的灵魂，
还是与思念的人相见？

是爱的诱惑，
让我们手捧想象的苹果，
穿过这燃烧的火墙，
走向生命树——

尘世有一双翅膀

你要贴着文本飞翔
像飞鱼轻轻划开水面
自由地潜泳
倾听来自大洋深处
鲸鱼沉重的呼吸
珊瑚虫们细微的歌唱

然后一跃而出
获得俯瞰的视角
辽阔的海洋
岛屿，险滩，陆地
广袤的宇宙
浩瀚的星空

这一切都将成为我
这一切都是我
我是至卑微的
我是至崇高的

我的灵魂，我的肉身

我的肉身，我的灵魂

老师，今天我想对您说——

是您带我由懵懂无知

走向自知无知

是您让我意识到我的力量

我的富有

擦燃那一根火柴

用好手里的那两千

迎接百万英镑的机遇

也勇敢面对大马林鱼和群鲨的挑战

珍惜内心的愤怒

踏上未知的旅途

摆脱傲慢与偏见

走进百年孤独

享受局外人的快乐

警惕变形记的悲剧

无论我们只是一颗小豌豆

丑小鸭、灰姑娘

我们都由自爱而爱人

爱世界

在自己的内心发现灿烂星空

老师，今天我想对您说——
是您带我们走下地狱
走进迷宫
穿越火墙
看那黑暗、混沌和混乱
向前走
勿回头
警告我们
不能飞得太高
也不能飞得太低
在荆棘丛里
寻找一条路
借助理性与克制
想象与情感
擎举着一颗鲜活的心
一步步走向光亮
万花丛中
荒原上
踏上那条通向自己的道路

老师，今天我想对您说——

你是引路者

也是托举者

更是陪伴者

您以自己的完满丰盛

摇荡我

学做一只空杯

一只雄鹰

一个自我温暖和照亮的人

黑夜沉沉

前路漫漫

我们召唤荒野

放牧星辰

在海浪里行舟

在沙漠中跋涉

在那空白之地

创造自我

以自我为生命的泉源

和花朵

一起给秋天写首诗吧

其实秋天就是诗，一首最动人的诗
只是还缺少
我们为它写的那一首

秋天，宜缄默
宜让诗歌在内心静静地流淌
宜小心翼翼地接近那一片辉煌

树上的叶子
一片一片地飘落
大地收藏那些五彩斑斓的心事

今天，我们不讲课
就这样坐着
放空，发呆，写诗，好不好？

给我们生命的诗一个机会

让它来与我们相会

感恩所有，相聚，分离

一

只有一个
那就为了这一个吧
不是几十分之一
一就是全体

一远不止于一
一是我们射向虚无的箭矢
一是我们立在大地上的旗杆
一是埋在土里等待发芽的种子

一点星火

小心翼翼地
我们把那露出的部分遮上
这尘世的风大

衣衫太过单薄

爱是彼此守护
我们在这世上
脆弱的部分

青春的风雨

那一天，我们相逢，雨停在山头，
柳树挺直腰杆，万物屏气凝息。
湖水清澈，宁静，游鱼吐着泡泡。

一只黑色的燕子飞过，天翻地覆。
闪电、雷霆的交响，
风对一片叶子并不心存悲悯。

此后经年，我们都在那场风雨里面
掳掠又给予，闪闪发光
呈现生命新鲜的色泽

品味苦涩

苦涩是一份天赐的礼物
孕育一片蔚蓝的海
生长沉重的大鱼

苦涩是生活中的一味
消除火烈的激情
缓慢回甘

苦涩是在自我的关怀里
调剂世界
拥抱众生

老南瓜

内在的力阔开一个空间
膨胀，并不规则
虚无的勒痕一道道纵切
刚劲，苍老

以橙红漫上童年的淤青
守护再生的梦
成一盏灯
向着未知咧嘴大笑

苔 语

您的光照耀到我，
我为之一震——

抖擞起全部的精神，
绽放自己的绿，

开出内心的花。
这，是否也曾悦您的眼？

红桔橙

不要再以貌取橙了
在略显娇小、青涩的外表之下
是一颗阳光、清亮、甜蜜的心
纯粹，饱满，甘冽

不知人世的浅薄与忧伤
不浮夸，去招徕人的眼
只为一颗果实
该如此这般成为自身

自我拯救的努力

只要想象每一脚踩下去
都是星星
就会快乐很多

只要想象指尖滑过空中
万物漾开
就会快乐很多

只要想象你也如我一般
以嘴角上扬撬动地心引力
就会快乐很多

告 别

该承受的疼痛不逃避
我们总是在梦里哭泣
醒着欢笑

来自西伯利亚的风
荒野上的狼
在地底坚忍等待的根茎

何必掏空自己的光亮
回报黑暗
万物只向着春风招展

祝 福

要有信
要有爱
要有慈悲

你是至善
你是理念
你是永不熄灭的光明

至真
至美
至纯粹的

我希望见到你时
我能够满怀欣喜
没有迟疑

我希望能够借由自己
对你充满信任

大道通衢

让你的力量
奔腾不息
周流我全身

并不安稳
心灵摆荡如潮汐
总有自己的节奏

处暑与大寒
生命赐我一份活泼的忧伤
那么锐利的痛楚

得而未得
失而未失
手捧虚无
落满繁花

礼　物

房屋之外是我巨大的园子
囊括大千世界
万紫千红
大漠，塔河，雪山，星空
大鱼在深海沉重地呼吸

你在院落的一角
看天鹅
我在窗前赏落花
我们还有许多事要做
为了这一份辽阔的拥有

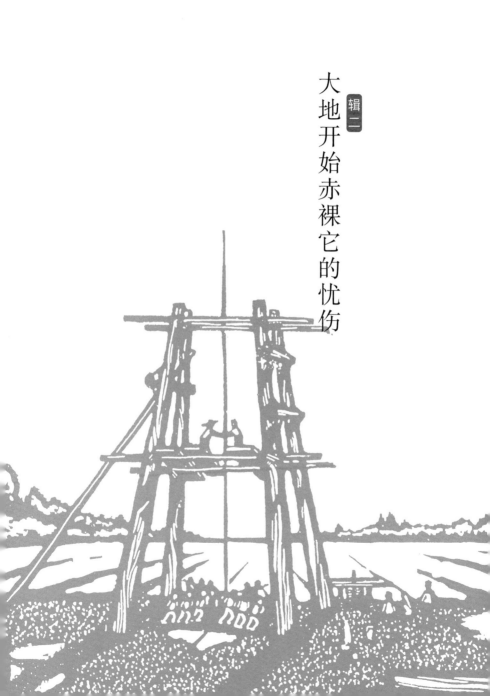

辑二

大地开始赤裸它的忧伤

坐 望

我们常常喜欢凝视深渊
在那云雾之下
会是什么?

若是纵身跃下
在短暂的自由之后
又会发生什么?

结局是否已经写定?
是否还有其他可能?
这是一场冒险

代达罗斯承受着
丧子之痛
教授飞翔的技艺

在那蓝天之外
还有更为幽深的渊薮

吸收了我的荒凉

吸收了我的荒凉，大漠，
你是否更荒凉？
我本想一个人
去看金黄的稻田，
却带着两个孩子
扑进了你的怀里。
我看到了你开出的花，
瘦小，苍白，却又繁盛；
胡杨的叶子泛着焦黄的干渴；
红柳早已不再娇艳。
路边的棉花平静地张开，
听不到一声炸裂！

爱的代价

鱼鳍是浪漫
可是唯有双腿才能行走大地

去爱，拥有一颗灵魂
疼痛使人失声

海在我们的双眸
碧波荡漾

掀起风浪
这里才是小美人鱼永恒的故乡

漠上飞"雪"

这里的雪罕见
这里的冬天在春季
在夏日

柳絮，胡杨絮
这一份洁白一直在翩飞
飘落

这贫瘠的狂欢
总会带给你
飞翔的渴望

在塔里木
没有任何事物
安分，守己

趁着荒野兴高采烈

趁着荒野兴高采烈
我把疲惫悄悄交给了它
也许像我一样的人太多了
树叶纷纷落下
大地开始赤裸它的忧伤

内心清泠

内心清泠

灰白最为相宜

环佩叮当

影动风铃响

万物的灵

显露在

肉体之外

静穆

幽僻

孤独的光

宛若

飘忽的鬼火

蚊子的号角

这股风一吹冬天就来了
叶子在风中的呻吟不被听见
多少生灵的涂炭不被看见
萧杀，是天地的表情
挣扎，是生命的姿态
太阳的脸苍白着
不再苛责众生
一只蚊子躲在温暖的室内
应和着风声吹起集结的号角

秋日树上的果子

心尖尖颤了颤
鲜血挤了出来
收缩的疼痛
如秋日挂在树上的果子
一点点地
被风消耗

阴了一两日

阴了一两日
内心颓废意志消沉
就像完成考核
交完收获的万物
突然就裸呈出萧瑟
衰败、荒芜

下场诗意的雪吧
既然寒冬已至
这是属于童话的季节
冰凌挂在
房檐上
炉火生在小木屋里——
慢煮茶
酒微温
待花开
信赖时间
不要理睬原野上逡巡的风

把自己埋在

黑色的文字里

躲藏

记忆的河流

戛然而止，他停下追逐的脚步
不是银河，不是王母娘娘的反对
而是她对家的思念，
她昔日的落寞，让他猛然了然了爱

记忆的河流在群星间奔腾闪烁
那无墩的桥轻盈而又坚固
仙界与人间，她在岸边迷惘又彷徨
隔河相望，漫天云霓

它

我拒绝谈论它
我选择视而不见
我努力对它进行驱逐
我给它划定界限
我把它打包，密封
扔进生命的阁楼
或地下室，然而
它却时常
在我的房间逡巡

我该怎么办？

我该怎么办？
欲望是个嗷嗷待哺的婴儿，
扰得我无法入眠。
我不能杀死它，
也无法遗弃，
它想要的，
我不能满足——
我只能把它交给诗歌，
她的琼浆玉露
是否能够安抚？

十二层楼上的蟋蟀

秋天了，守护好你的心
就像种子待在果壳里一样安详
又像枝头的果子一样明艳
家中有一只蟋蟀在歌唱
十二层的高楼
我不知道它从何而来

该发生的总会发生

该发生的总会发生
就像春天总会到来
冬天终会逝去

韭菜会被割
谷底的清泉会断
枝头的果子会成熟

帝国的一只蝙蝠
倒挂在寒风里
嘲笑人类的愚妄

灾难如山崩海啸
却又寂静无声

那些心底的创痛
盈盈如玉

哭不出来消磨不去

这是世界的礼物

踟蹰在暗夜里

踟蹰在暗夜里，苹果树最乖，
它正嘟着小嘴，吐气如兰
一定做着一个香甜的梦吧？

柳条儿淘气，兴奋地穿着新衣
羞涩，扭着腰肢
寻找着镜子，梳妆——

情人坡在候着年轻的恋人，
梨树还陷在寒冷的枯索中，
并未宣泄白色的忧伤——

忧伤如落日

忧伤如落日
我打捞蔚蓝的海
鱼儿嬉游
水草招摇
海豚成群结队
呼朋引伴
大鲸孤独地喷着水柱
在海底
响亮而沉重地呼吸

这一支小船便是全部
小心翼翼撑持
一次次徒劳地
把渔网抛掷
仿佛为了重复
一个撒出去的姿势
然后把空空
拉回到怀里

某物已经潜入

某物已经潜入

尽管你看不见也触摸不到

周围依旧憋闷懊热

万物无知无觉

它会沿着树的管道攀升

把夏日逼入叶脉

让叶子害一场热病

呈现猩红或橙黄

它会钻进果实

让它们膨胀饱满

承受生命的重负

它会驱逐燕子

让它们奋力南飞

躲避，不遗余力

暴露于野外的

唱起哀音

惊惶，这一场洗掠

一个绚丽的梦

秋天是蝴蝶的
翩飞于空中
落在树上
栖于草丛
唯美
空灵
自由

一个绚丽的梦

若不是还有寒风
果实的重量
利剑出鞘的凌厉

"大雪"过后

"大雪"过后
雪没有来
太阳温暖得
让人不忍心责备
忧伤蹲在地上
数算草的种子

大道至简

一路走一路赞叹
你长得可真好看
小花，小草，小叶芽……
整个世界因为你
都变得美好了起来
我永远不会喜欢飘浮的沙尘
但因为你却爱上了春天
多希望每一个人
也像你
但他们却一半烟雨
一半沧桑

生活慢一点

生活慢一点
让我的灵魂和肉体都躺一会儿
让傍晚清凉的风吹过
让月光如碎银子般洒落
让鸟鸣虫唱
欢快的小溪流淌……
让儿时的故事复活
让大野狼的眼睛游弋
让黑瞎子伸出蒲扇般的手掌
让孩子在小巷里山呼海啸
那些云上的妖怪
花园里的小姐……
他们都会跑出来——
我也将起身
或惊恐，或神往
或怀念
或勇往直前——

严重的时刻

一次又一次崩溃

濒临崩溃

滋养了馥郁的花草

多彩的世界

我们并不需要

总是晴天丽日

雷霆万钧

阴雨连绵

漫长的梅雨季节

成就了江南

那里千沟万壑

河道纵横

青石板上长着苔

黑瓦白墙

弯弯曲曲的小巷

故事隐藏在

犄角旮旯

灵魂湿漉漉的
缀着星辰

若是——

若是——
这一座山翻不过去了
那就立住
像山一样安详

若是——
这一条河跨不过去了
那就躺卧
倾听河水

若是——
这广阔无垠的大漠
走不出去了
那就一边播种一边守望

呼吸，挣扎
一条鱼在岸上
唯有蹦跳

冬

那么多的纷扰

就像脚踩在落叶上跑

隐藏的牙齿

在悄悄地咬啮、吞噬

期待的白

尚未到来

大地沉默

枝条舒朗

蔚蓝的天空

突然绽放在眼前

世界总还是温情

没有看见过眼泪的，
如何能够真正懂得那份绚烂？
他们只是瞬间的惊艳，
而你却是成为——

谁说冬天光秃得令人绝望？
世界总还是温情——
喂养那些叽叽喳喳的雀鸟，
和丰富多彩的梦。

又是二月

二月，总是黑暗的。
野兽出没，魑魅魍魉显形，
二月最为疯魔。
诗人在二月里一握笔就想哭，
眼底里注满干枯的忧伤。
这是唯一的水。
天庭的门紧闭着，
神仙也有厌世的时刻。
没有一声欢庆的轰响，
能够召唤涤荡的雷霆。
我们所渴望的春天，
正被铁链囚禁。

看待生活的十三种方式

一

生活要你更强大
那就让所有的水
回到雪山

二

我在深渊旁写诗，种花，散步
深渊里有我的亲人
一座堰塞的湖

三

寻找我的幸运鸟
代表神秘命运的黑猫
满怀深情

四

大漠心潮澎湃

能够诉说的

唯有沙子

五

我想送你一整个春天

一朵一朵

满树花开

六

我们都是呼啸而过的光

彼此照亮

在宇宙的黑暗深邃里

七

心要更静

做好眼前事

不被沙尘扰

八
何必一直燃烧
有时候就做一团冷冷的灰烬
焖燃最好

九
他无忧无虑
欢快地哼着歌
而我的焦虑在疯长

十
痴迷过渡地带
那是属于人的
自由

十一
我有许多忧伤
留不住一座
梦中的山

十二

在走上这条道之前

我们早已

在路上

十三

心开始变得寂静

沙尘落地生花

宇宙的星辰在安详地转动

大　暑

我把自己藏在阴影里
以期抵达某种深沉的宁静
玫瑰开了又落
荷花依旧擎着杯盏
群山挥着雪帽
回应塔克拉玛干的热情

火柴的生命

你是否能够懂得那瞬间的光亮？
火柴的生命冷寂
直到碰上红磷和玻璃粉
这突然的擦身而过
迸发出火焰
这样的点燃只有一次
一次之后缓缓熄灭
它所引燃之物
可以持续照亮
或者引起一场大火
取决于那物的材质与其他——

想象的闪电

被雨水唤醒，在凌晨四点
此刻我和塔里木盆地一样
都化作一只碗
接受天空的馈赠
阿拉尔的雨稀少
但今夜声势浩大
塔克拉玛干干涸的心
此刻应该潮湿如我

有风不请自来
鼓荡我的房间
却沉默
安静如一个绅士
陪我倾听巨大的雨点
叩击大地
那想象的闪电在天边
没有轰鸣

梦

黑夜里梦能走多远？

我不知道——

需不需要打灯笼？

爬过多少山冈？

跨过多少大洋？

跋涉过多少沙漠？

可曾领略过风景无数？

见过多少异域的人群？

是否与自己相逢？

邂逅真正的心动？

那些现实中被拘囿的

是否都已实现？

漠 上

痛苦具有奢华的特质
那么丰盛，艳丽
却又坚忍，含蓄，内敛
如草木的导管
过滤掉生活的苦
留下甜
我把这些奉到你面前
摇曳的风景

漠 风

那就吹吧，狂暴的风
你的任性无可抵挡
掳掠你想掳掠的
摧毁你想摧毁的
我们都是植物
承受着风沙的吹袭
缓慢而坚定地生长
能长多高就长多高
能开一朵花就开一朵花
能结一个果就结一个果
风滚草静静地
伏在太阳下
携带二十五万粒种子
期待风来
以风为媒
随风流浪
那些迎风而立的
都有了风的形态

今天我们都是水手

从此我们都在海上了
这里面有种迷人的特质
变幻莫测
飘摇不定
我们知道有事情发生
却又不清楚发生了什么
薄雾依稀
广阔蔚蓝
未知让我们紧张、期待
兴奋而又迷惘

何必焦虑于未来呢
今天我们都是水手

在秋天的瓶中

秋天盛开的时候
人间正无所适从
多少人在静默中流浪
在拥挤中窒息

家园正如秋风中的叶子
那么艳丽，明亮
世界辉煌得令人陶醉
却又伤痛

我紧握一把流沙
去拜访精灵的蘑菇屋
可否许这人世
不再颠沛流离

在冬天的罐子里

冬天是一个密封的罐子
隔绝了冷风隔绝了阳光也隔绝了空气
只有梦呼啸

把能够发芽的都放进土里让他们生长
把所有渴望实现的能够实现的
都努力在此刻实现

以自己喜欢的方式过一生
蜿蜒曲折执拗如一条河
挠曲桀骜好似一棵树

哪里去问什么明天
明天在世界之外

我们只在这短暂的瞬息里
用热爱穿透包裹的荒谬与荒凉

问 白

为什么用白色涵盖一切？
为什么用白色覆盖一切？
霜的白，雪的白，还有天使的白
天壤之别——
大白鲸的白令人恐惧、战栗
幽灵的白飘飘荡荡
当白色的权力在世间笼罩一切
当胡杨交出所有黄金的叶片
当黑色的野狗在夜间狂吠
血色的月亮忧伤地注视着大地
那黑暗中的游戏
让人四次交出自己的身体

五 月

疼痛的火焰
盘旋其上
一个深渊
文字的迷宫

梦魇一般的句子
彼此缠绕，撕扯
发出含混的呓语
空洞的嘶喊

雾气包裹着
阳光找不到缝隙
滋生，绵延
无始无终

匮乏，找不到
干净清澈的水
美味的果实

永远吃不到

折翼的天使
呼唤维吉尔
天堂遥远
荆棘恒在穿刺

晦明的时刻

不要走进那光与影之地
我只是驻足静立
观望

很多事，无可言说
我们只能放肆
沉浸在黑暗里
凝望地球

那么美的一颗星
孤独地
飘浮在宇宙里

蓝鸢尾

幸福是忧郁的
眼望苍穹
内心住着一片海

翱翔在大地之上
无数的星星
在夜幕之下
望穿秋水

有一种爱以无情的方式表达

长大后我慢慢懂得
人世间最长情的告白
并不一定是陪伴

也可能是忍起心肠
以渐行渐远的背影
毅然决然地扛起生活

人世间的风雨那么大
谁不是一边哭泣
一边努力向阳

日　记

海子，今天我在德令哈
一个被你书写
因你而闻名的城

我来，为拜访你
顺便寻找一双能够让孩子
行走尘世的鞋

他的鞋子已破旧
被盐湖的水打湿
我不知道明净的水竟会那么油

无法直接停车
在你的诗歌陈列馆
我来来回回兜着圈子

也许这就是现实
并不完美

因为缺憾却足够圆满

你说春天，十个海子全都复活
可是我却怀疑
是否能抵得过这一个

一切都在生长
青稞在结它的种子
所有的芒刺都在晚风中温柔

大柴旦

大地的空眼窝。资本虚构的风景。
我不知道翡翠湖的绝望那么深。

何必向往那些遭囚禁被驯化的风景？
美只因自由而生——

围栏之内正变得单调，贫乏。
荒地上只生长荒芜，韭菜是最后的草原。

下一场雨，在内心，以我的呐喊做雷霆，
盈满你的干涸。

在茫崖

哥哥，今夜我在茫崖，夜色陡峭
道路曲折，柴达木盆地和塔里木盆地中间
一座孤独而又荒凉的城

一条高速公路撬开如贝壳
只有磕油虫在叩击大地
索取黑色的魂

橙色的放纵，小面馆中微弱的光
没见一朵花开
一颗果子挂在树上

夜凉如水，大地的忧郁
宛如仙女的裙裾，绿意在杯中摇荡
远方拥着遥远独自舞蹈

哥哥，今夜我美丽的戈壁空空

世界渺远，今夜我不想你

我只在悬崖上歌唱

在荒野

有时候我们选择放手
把自己交给远方
道路带我们向前
万物恭候又退去

所有的都云淡风轻
好似根本没有心事
只有盐在湖底结晶、沉淀
大地的忧伤悄无声息

飞跃天山

这些痛楚，激烈的碰撞
所铸就的高峰
冷冽，静默不言

只有云知道
只有雪轻轻覆盖
还有自由的风
在这里穿越

写在教师节

请你告诉我这世界到底有多美
让我们不甘心蝇营狗苟
做一只辛勤的蜜蜂
哼哼唱唱，跳着舞蹈
贪婪地想要把那精华酝酿成蜜

请你告诉我这世界到底有多美
让我们甘于忍受那些混沌、黑暗和庸常
做一盏光亮的灯
闪闪烁烁，忽明忽暗
执拗地想要把那些污秽的角角落落照亮

请你告诉我这世界到底有多美
让我们醉心畅饮这生命的泉
摇曳成一朵花，一棵树
化身一块石头，一粒微尘
沉默而又高贵，朴素而又平凡

宛如白雪

碱，代表有水
而我们见过那些空眼窝
不见一丝生机

大地在哭泣
树在流泪
这贫瘠的乳汁

我们痛饮——

又能出产什么
如何安抚
那些飞扬的沙子

夜间那些不知道的事

有时候我们扔下自己
像扔一件负载过重的行李
肉身这件破衣裳
倒卧在道旁
灵魂这个暴君
并不耐烦：
"你来吗？还要不要
向前走？"
"就来——"
像只肉虫
向前勉强拱了拱

幸好黑夜会降临
那个胆小鬼
无法独自远行

嘘——

一个火药桶
周身布满引线
火舌在频撩
烈火在体内游走

冷漠
以惊人的沉默
逃避自身
对抗世界

最危险的瞬间
总是平静

变 化

终于将自己卷成了一股旋风
在这十月金秋
夹杂着落叶，花草与沙石
拔地而起，以旋转的姿态
极速向前——

向上的力量包裹着中空的心
自我的燃烧，狂舞
犹如一缕孤烟，在大漠
挣扎，消歇
以虚空的意志向太阳致礼

夜玫瑰

疲惫，是我献给你的赞歌

厌倦，是一曲高亢的意大利语咏叹调

内心的老河道纵横交织

光影斑驳，冗长的回声

自我的贩卖，找不到黎明的出口

辑三

生活的可能性需要想象力

戈多，回吧

也许你已在路上
也许你从未上路
而我已不再等待
在等待中空耗

我必须在荒地上种植丁香
面对这积雪融化后的荒凉
回忆和欲望依旧折磨得
我疲惫，所有的泪水都化作
期待的春雨

根芽迟钝
在这干枯的球茎里
却包藏整个春天
桃花落了又开
世界依旧美得令人迷醉

何必祈祷呢？

这里没有雷霆

何必等待呢？

今天已是全部

你来，我会携烂漫山花迎你

你不来，我在每一朵花中

认出你

进化之道

春天即将裂开花萼
把姹紫嫣红的秘密吐露
草叶螺旋着上升
追逐蝴蝶的翅膀

经冬的疼痛
和欢喜
都浸在鸟鸣里

不要再苦思进化之道了
那些变中不变的
才最令人痴迷——

杜尔茜内娅的低语

老唐·吉诃德，还要继续向前吗？
你的双眼已疲惫
你的世界已破碎
那些谩骂、讥嘲和攻击
比身体的创伤还要疼痛

偃绝不了的哭声啊
遍地的贪婪、腐化和愚昧
灾难一波又一波
独臂难支，哪里是尽头？

故乡的炊烟已升起
何不归去做乡绅，
受人尊敬乐陶陶？

"世界已苍老，
唐·吉诃德尚年轻！"

哦，桑丘·潘沙陪伴着

那个疯子又继续

催马向前——

为了追逐太阳

为了追逐太阳
我们必须忍受它灼热的炙烤
为了得到月亮和群星
我们要学会拥抱黑夜
为了让自己成长
我们让自己如一颗种子
在黑暗中，饱吸水分
胀大，撑破保护我们的壳
摸索，跌跌撞撞
经历风吹雨打，虫咬鸟袭
只为在明媚处站立

成　长

她想学蜘蛛结网
结果反被网缠身
她只能蜷伏在黑暗里
想象着蝶翩飞
她收拾破碎的自己
终于还是做了织工
要修补得细密
还要加上装饰
每一个伤口都是一朵花
每一朵花里都藏着艳丽的疼痛

记忆的闪回

夜里一些错误突然掀开了面具
就如石头扔进了湖的心里
此后经年，湖水唯有默默地拥着它
并不试图摩擦那些锋利的棱角
记忆的闪回是神秘的礼物
你需要去面对并不完美的自己
和陷阱丛生迂回曲折的世界

黑色的种子

珍惜自己内心的憎恶
珍惜自己内心的愤怒
耐心地培植它
让它从黑暗的地底
生根，发芽，钻出地面
享受阳光的爱抚
清风的摇曳

以丑陋和腐臭为膏腴
让黑色的种子开花

对水的信赖

一颗心又一颗心
一遍又一遍
对水诉说着深情
吐纳呼吸之间
寻找着
和谐优雅的节奏

对水的信赖
源于自身
多变的水
永远冷漠
永远温柔

学做一只信鸽

你要学着做一只信鸽

飞过满目疮痍

飞过硝烟弥漫

不要去注目那炮火纷飞

不要去凝视那黑暗深渊

往前飞，一直往前

心无旁骛

把信带回家

大漠中倔强的灵魂

太阳是不可接近的
万物受惠于它
却在它热烈的注视中
低下了头

你的光芒穿透我
光明令我战栗和恐惧
大漠中倔强的灵魂
迎接你的考验

我被风塑造

我被风塑造
东部的西部的南方的北方的
来去自由的
带着海的呼啸的
沙的狂暴的
酷烈的
苍劲的
柔婉的
寒冷的……
仿佛也有了风的性情
风的姿态
若是风静立
它可还存在
会生根？

种子的力量

种子的力量是强大的
实践自己的意志令它收拢
磨砺柔弱的芽苞锋利如剑
刺穿坚硬板结的泥土

螺旋着上升，上升
只为生命的舒展
大漠边缘的土地贫瘠
空气里燃着焦躁的味道

尘土飘扬
没有一片雪花光顾
一滴雨水降临
郁金香的春天却还是来了

现实的石头

原谅我走路磕磕绊绊

在这世上活得笨拙

美从四面八方涌来

如醇酒佳酿把我灌醉

想象的火焰点燃我的热血

左突右奔，生命如野马

我体验迷失

我感受生命的失控

我献身于酩酊

我在空中旋转

世界辽阔　土地柔软

现实的石头

请不要，不要

把我唤醒——

荒凉的慰藉

我喜欢一个人的素净

庄重、典雅

生活从细节开始

耐心地抹除每一粒灰尘

抚拭每一个器物

心里守着一尊神

恢弘得有如与万物同生共长

与天地同在

穿这一袭荒凉的华衣在大漠

我用喜欢的事物温暖自己

幸好它们恒久，坚实

一朵小花，一枚叶子

一缕清风，一片白云

一声鸟鸣，一只蚂蚁

一滴期待已久饱含泥土的雨

一行蘸着黑色情感的朴素的诗

……

据说塞壬们的缄默
比歌声更为诱惑
弥诺陶的迷宫处处
俄狄浦斯只能摸索

我涂抹情绪

我涂抹情绪

直到开出五颜六色的花来

黑暗的是泥土，是枝干

是耸峙的山峰

我给山峰覆盖洁白的冰雪

冷冽，刺亮

逼人的寒

我给泥土种上花草

延展成草原

使它辽阔

不要密密的树林，疏朗

枝干如导管

红硕的花朵是欲望

是伤痛，是呐喊

是热情的奔放

紫色的花朵是神秘

是高贵，是慵懒，是谦逊

黄色的花朵是明亮

是张扬，是掩藏不住的欢喜……
还要有蔚蓝的天空
轻飘飘的云
明净清澈的湖泊
和弯弯曲曲
流向远方的小河……

一粒麦子

有的时候我们收束自己

就如被割倒的麦子

把希望凝聚于

那一小粒一小粒的金黄

大多并不能发芽

重拾青葱的梦想

留存一份洁白

供人饱腹

也算是归宿

无用也好

就做一粒麦子

伴着清风朗月

慢慢腐烂

重归黑色的泥土……

生活的可能性

生活的可能性需要想象力
底线之外是广阔的空间
大地之上阡陌纵横
百花争艳，百鸟争鸣
长空如镜，星罗棋布
但丁凭借维吉尔的指引
穿越地狱，抵达天堂

当我还是一个孩子的时候

当我还是一个孩子的时候
脚丫和大地是朋友
眼睛追逐着星空
林间的风在耳边密语
泥巴是最高的圣洁
河水清澈
山野青葱
诸神在世间穿行
梦想如野马
世界躺在摇篮里
我拼命想着长大

当感觉自己长大的时候
我比孩子还要年轻
我在童年的沙滩上捡拾贝壳
群星在我心中闪耀
我随着自由的风奔跑
我穿越黑暗的丛林

摆脱孩童的恐惧和无助
爱恨随心由己
众神缄默
宇宙辽阔
小小的我虔诚膜拜

好想出去走走

好想出去走走

揪揪风的尾巴

撩撩花的脸

戏弄一片叶子

让它神魂颠倒

丢一块小石子

逗逗湖水

害云朵哭上一场

偷几颗星星藏在兜里

亲亲月亮

安抚鸟儿

直到太阳威严逼视

灰溜溜地

躲回家中

没有辜负太阳

没有辜负太阳

这一袭霞光加身

也没有辜负星星

甜蜜的，在内里珍藏

月亮如弯刀圆盘

高悬

十一月的寒

终生的渴

酿就如今的果

如真心

胜灯笼

照亮、温暖并滋养

世界删繁就简

落尽所有的叶子
世界删繁就简
我们逆着时光的河流
回到原初的自我
孤独，赤裸
不再虚浮、夸张
博人眼目
静静地伫立
沉思
把梦想收拢回内心
让生命回归到根

努力挣扎

努力挣扎，向上，向上，再向上
把自己的心打开，舒展
超越所能及
然后低低垂落
温柔的
像是一丛绿瀑
却又执拗
昂扬
穿越古今中外
宇宙洪荒
抚慰寒冬
无用之用
成就我
书架上的小美好

旧年的雪飘到了新年里

旧年的雪飘到了新年里

微小，不容易看见

就像幸福——

需要用心才能感受得到

我向草木学习安静

信心和忍耐

也像野鸭寻觅温暖的水流

有人把海浪赋予沙漠

内心纯净犹如昆仑山上的石头

坚硬而又温润

这是新的一年

我们把往事轻轻打包

搁置，温柔以待春风

万物都是幸福的

万物都是幸福的
安详于做自己
唯有人，被自我纠缠
欣喜而又苦恼地行走在天地间
花是好的
草是好的
虫鸣鸟唱是好的
蓝天白云是好的
清泉流水是好的
……
不可避免的死亡让他惊恐
弱肉强食使他迷惘
适者生存，优胜劣汰
他厌倦又痴迷
"这是禽兽行为，
我所不为也！"
他为自我划出了底线
骄傲于自己为人

却依旧无处安适

树会扎根

鸟会飞翔

鱼会游泳

……

他以万物为师

却不知道自己是谁

"到底会长成什么样子？"

想象一千种可能的模样

踟蹰，徘徊

这一条小路蜿蜒曲折

通向迷人的山外

对　镜

一些特殊的时刻魔鬼慢慢显露出来
我们会惊骇
原来它对我们的侵蚀已经这么深

一不小心就被流俗牵扯
居然走向了热爱的反面
难道这生活岂不是我们自己的选择？

于是我看到
人是多么容易背叛
包括对自己

小 Q

这样的喜悦我有——
他们，在户外
摆长龙——
像蝴蝶
四处悠游——
我情愿安居家中
做爬虫
屏幕光亮
字迹闪动
放浪我的高山，草原

记　梦

走进那一方幽蓝里
被金黄捧在手心
天空突然开始落雪
覆盖了青山
覆盖了苍松
碧草繁花都睡去
一条血色的小河
依旧汩汩流淌

夏至之后

夜深了，守着一池清亮的碧水不想回家
菖蒲随着微风轻轻摇曳
胡杨在远处静静站立
月亮没有出来，星星很少
有水鸟在鸣叫
小鱼儿荡漾着一圈圈涟漪
桥上依旧车来车往

这世界有许多事不值得言说
除非在黑暗里铸造成剑
磨砺成闪电
若是能够细雨沙沙
天地重逢
万物都在怀中

学游泳

水开始变得温柔
不再令人窒息
顽抗如难以穿越的墙
它轻轻地托着我
包裹着我
在它怀里打个旋
转个圈，或者静默一小会儿
它不再令人紧张和慌乱
笨拙如初恋的小女孩

题马蒂斯《天竺葵的柔情》

马蒂斯，可以把自己交出去吗？
让热烈的色彩将自己主宰
诉说生命的柔情

大片的橙红
热烈，宁静，温馨，富足
肉圆的叶子生长出簇簇欣喜的花
好奇地张望

流畅线条的舞蹈
幽蓝点缀着
空白的墙，白骨的瓷

光影摇动
一个内在的宇宙
以一种原始的方式
保持平衡

做　梦

我们有很多梦可以做，在茧子里
热爱是原材料
相信一定可以
用它烫出一个孔洞
放光透进来
让自己飞出去

蒴果裂开心扉

白杜在冷风里绽成
一棵花树
它的温暖在冬季
就像一些清泠的人

胡杨低语

也许是我不够坚定
大风总是吹得我凌乱
沙尘令人窒息
枝干呈现病态的扭曲
苦咸苦咸的泪
汩汩涌出

叶子变得那么谨慎
小心翼翼如柳叶
热烈焦灼如银杏
厚厚的蜡质层包裹着
一颗抵抗烈日
逐水而居的心

也许可以更为任性
暗夜里漫游低徊
伸展所有的根须
探寻生命的泉

随风飞扬，肆意铺展
醉人的葱绿与金黄

幸好，我们都选择平凡
愿意在缓慢的时光里
认真打磨自己的光亮
欲望使我们直立
以树的形象
向四面八方扩展

冬 日

胡杨以繁枝枯叶开花
大地的欣喜向天空绽放

钻天杨触摸广袤的蔚蓝
向根讲述远方的故事

一只黑鸟飞过冰封的河
大漠的心金黄

天空一轮明月

素来冷淡
并不想太靠近

各安其分
满足于自己的轨道

世界并不干净
正好可以挥毫泼墨

却也要小心
避免一团漆黑

礼 物

江南赐我一场梅雨在大漠
淅淅沥沥，不疾不徐
无止无休……

一边是艳阳，枯槁，平沙万里
一边是忧郁，青葱，细腻绵长

神秘的引力在召唤
彼此趋近，相依，交互
这丰盛的蜇刺
会孕育怎样的改变

有风在默默呢喃

做一泓水吧
如果可能就成为一眼泉
一条河，一片海

水并不需要以站立的姿态
呈现自身
她只需要存在

自有万物为其伫立

秋　日

被一棵树的幽默逗乐
它为我与沙漠之间的紧张
敞开一个游戏空间

正如她此刻的挠曲
与辉煌，夸张
她一生的传奇

阳光也凑过来
我们一起聆听
这生命的乐音

一缕秋光

战斗过后，我对阳光说："你过来吧！"
它有几分迟疑，阴云烟尘尚未完全散去
世界凌乱，尸横遍野
眼见那惨烈与残酷

寒凉凝结，入侵，扫掠后的秃枝
锐利，荒芜，只有乌鸦的鸣叫

缓缓地走过来，透过窗玻璃
这个明媚的小家伙，依偎
缠绕，流淌，温暖的熟味
从心间扩展四肢百骸

祈　祷

请赐我一种语言的质感
如雪山上的冰泉
冷冽，明净，纯粹
却又透着流动奔涌的暖
和甜，叮咚欢喜的余音
偶然被听见

除非你自己成为——
下山，隐入尘烟
上山，心有眷恋
在出世与入世之间摆荡与安适

跨　年

又是新的一年
我把旧的收藏
折成星星
放进玻璃瓶
活过的时刻这么少
被记忆的时光

而那没有被记住的
无法言说的
却成为下潜的河
只留一张蛇蜕
在生命的河床
等待春风的召唤

冬天的故事

风在持续怨责
世界如何待她不善
掳掠最后的叶子

香椿树的春芽
还没来得及露头
就被掰去

冷，冰冻
缩回到内心
大地更深处的洞穴

生活要你承担更多
包括寒冬
和繁花

冰上玄想

我站在冰上，看他凿冰。
他拿着锤子，钉子……
很多孩子在冰上玩。
阳光灿烂，蒲苇慵懒。
野鸭们早已不知飞往何方。
它们最了解塔里木，
知道哪里的水流温暖，多鱼。

天鹅不知道有没有飞来？
去年它们一直停留在塔里木河。
在那里游泳，嬉戏，散步，打盹，
把身体蜷缩成一个白色的贝壳，
做一些我所不知道的梦。
他们都心思单纯，
知道自己最想要什么。

如果只生一个孩子，
现在我也可以放飞——

不立在冰上，会更自由？
此刻又会做些什么？
冰屑在阳光下四溅，
欢笑在开花，
那么晶莹，那么凉。

空白的应许

竟然抵达这里
不知不觉走了这么远

风，阳光，水，鸟儿
都曾助力

路在路前延展

以你为道路
以我为道路

我们相携
迈步向前

监 考

一条搁浅在岸上的鱼

白鹤在山间打盹

我有谷物三千

每一粒都翻炒至色泽金黄

邂　逅

赐我一朵云
投下一片影
撞出闪电与雷霆
连绵不绝的雨

给我一缕光
长出一枝花
迎接蜂蝶与长风
共舞在人间

这一世流离颠簸
坍塌与重建
多少裂隙
洒满光华

辑四

每一个空杯都盛满了宇宙

存在与虚无

我们都是在虚无的深渊中绽放的花朵
感受这一刻的微风吹拂
阳光照耀
雨露滋养
生命的神奇让我们战栗与狂喜

我们都是射向虚无的箭矢
这爱神的金箭
使我们相连，共舞
见证宇宙的恢弘、浩瀚
生命的短暂与永恒

我们，都是神的居所
借肉身行走大地
感受悲喜
照拂山川草木
日月星辰

根的秘密

我希望你是从容的
就如表盘上的秒针
每秒只需要滴答一下
走一步是一步
说一句是一句
做一件像一件
不焦虑不急躁
悠悠然的
与时间同行

我希望你是从容的
就如树木宁静安详
一点点地向上生长
每一片叶都是舒展的
每一根枝条都在向外延伸
内里的年轮一圈圈的
不缠绕不纠结
并不把根的故事

总是向外宣扬

我希望你是从容的
就如大海深邃蔚蓝
潮汐应和着月亮
该汹涌时澎湃
该回落时退守
巨浪滔天里
不绝望不哀嚎
在大洋黑暗的心中
也有光亮

启 示

一天中，光亮的时间是多的
一年中，暖和的日子是多的
大自然中处处充满了启示
我却并不一定有慧眼发现

世上路有千条
是否自己只看见了一条？
世上本没有路
是否自己敢于去开辟
一条属于自己的路？

活　着

像能活过一百岁那样活着

任时光缓慢地拉长

在你悠悠的光影里慢慢成长

看一切细小的事物变大

看那宏大的一切变小

从从容容地享受生命中的所有

细品每一口饭

认真读一本书

倾听虫鸣与鸟唱

叹赏花开与花落

感受生命的一呼一吸

在似水流年中和爱人相伴相守

不错过孩子成长的瞬间……

又何必着急呢？

世界尚未变老

我们还正年轻

心

心是一个小小的地球
它也有巍峨冷峻的雪山
和风光旖旎的热带
还有神秘的魔鬼出没的百慕大

倾心于那遥远的蓝色星球
也热爱这脚下的戈壁大漠
只是要小心
守护好内心的那一片海

她把心揉啊揉

她把心揉啊揉
要使它柔软、水泽潋滟
要把它拉长，扯细
测试它的韧性和强度
然后团起来，如此反复
这样做出来的
才光洁、顺滑、好看
不要忘了
最好还要醒一段时间——

人子在大地上筑居

人子在大地上筑居

他以四海为家

这一具肉身赤裸

光洁，需要遮蔽

以无花果树的叶子为衣

以动物的皮毛为衣

以桑蚕之丝和棉麻为衣

以一切能够彰显内在精神的为衣

人子行走在大地上

以树木为家

以洞穴为家

以房屋、高楼大厦为家

以能够安顿自身的一切为家

人子以家为起点

人子以家为终点

人子在家中流浪

人子以流浪为家

远方的河流远方的山川

这些双脚走过的地方
精神所抵达之处
即为人子的居所

春 颂

让我如何赞美你，春天？
刺穿冷寂的寒冬——
穿越沙尘的肆虐——
你美得不可方物——

只要想到桃花总会开
柳枝总会轻轻摇摆
燕子总会归来
河水总会轻柔而舒缓地歌唱

生命就会变得顽强而坚韧

生命的奥秘

清泠，冷淡，透着幽幽的蓝
小火苗微微跳动
轻轻一吹，便即摇摆
却热烈，自持
仿若一颗心，呈现

疼痛如一道伤口
大爆炸的遗存
以己之弱对抗强悍
瞬息便可燎原

这一团热力
才是生命的终极奥秘

就像一只蚌

敞开，旋即闭合
就像一只蚌
持续地与水流交互
间或，一粒沙子进入
以生命的疼痛
孕育一颗珍珠

孕

孕是一种花开的状态
孕是籽粒的饱满和充实
孕是管他窗外风和雨
我自逍遥自在——
孕是一个杯子
承载万物
孕是小小的一隅
光与影的合奏
孕是紫色的
孕是绿色的
孕是淡淡的鹅黄
与粉红
孕是挺拔
孕是弯曲
孕是背负在身上的
十字架
孕是生命的斑斑点点
孕是一只只好奇的眼睛

孕是生命的力与热情
孕是对虚无温柔的回应

生活需要一些吃不到的甜

那么多美好的事物悬挂在天上
就像秋天的果实
圆满，明澈，甜蜜
并不需要噗噗地落下来
太过成熟，腐烂
也不要挂在风中
萎缩，干瘪
永远是一幅将化未化的样子
被想象的嘴巴
咬了一口又一口
却又慢慢地丰盈

生活需要一些吃不到的甜
在心中缓缓地释放

石头记

石头守护着自身的秘密
好像全部显露在外
好像守口如瓶秘而不宣
石头的门永远敞开着
石头的门永远关闭着
石头其实没有门
若是把石头切开，摔碎
石头还是石头
石头其实有门户万千
轻轻一推
就是一个奇妙世界

夜半清辉

我还是看清了月亮的表面
满目疮痍，如此黑暗
荒凉而又孤寂
原来你从来就不是光洁的白玉盘

我还是喜欢捞月亮的小猴子
俯身向那不可能之物
对美关切，有自我信赖
爱得一派天真、纯粹

灰白洗练过的生命
就像穿越松林的风
在广漠的宇宙
轻轻地召唤每一块石头

灵魂一定是一袭洁白的轻纱

一次又一次我们将自己从忧郁中捞起
湿漉漉的，颓唐，无力，皱巴巴的
我们将自己拧干，展开，晾于户外
让阳光照耀，微风吹拂
让鸟语花香缓缓浸透
我们又重新变得干爽，轻盈
以洁净的芬芳
拥抱着世界

得　失

又是惊喜突袭
那不再想望的回转
灵魂发出欢呼
太阳的浓酒
瞬间注满内心
星光在眼眸里闪亮
嘴角上扬
玫瑰盛开在脸颊
这是麦哲伦的时刻
航行一周
证明地球是圆的

打开你的生命

打开你的生命让我进去
我在你的门外频敲
那时候我尚年轻

太阳无需敲门
她只要露出笑脸
整个世界便就敞开——

春 寄

你要盛开如春天的花树
安谧，繁盛，充满生的欣喜。
但在此之前你必须坚忍
如寒冬的大地——

在喧哗和欢笑之外

在喧哗与欢笑之外
还有一个自我忧郁沉静
拘谨，无所适从
逐渐退回自己胡桃的壳
窗外的雨滴打在窗棂上
没有星星和月亮的夜晚
寂静而辽阔——

偷偷摘了一朵花

偷偷摘了一朵花
金黄得像是小太阳
灿烂得无忧无愁
不知冬之将至
不知夏已尽
把它藏在一本书里
文字不能解答的
它却可以——

冬日的阳光

冬日的阳光冷凝
像个历尽劫难明净通透的妇人
注视着雪白的墙
并不看架上的书一眼
世间的生死轮回
爱恨情仇
在这一米阳光中流溢
关切并不执守

草丛中金色的小太阳

起来，时辰已到
休憩的时间已然结束
世界在门外轻叩
它的靓影在窗外一闪
你就按捺不住——
草丛中金色的小太阳
已把自己打包
寄托给白色的小伞——
来，轻轻吹一口气吧
送他们去远方
开花，绽放自己的光芒

语言不及之处

语言不及之处

唯有安详

世界的荒诞

微笑以对

在绝对的冷漠之上

生命的火焰

飘忽如鬼火

明亮但不灼人

母亲是一棵杏树

没有果子的树人不打
校园里的杏树
已是断臂残肢

杏花那么美
成熟的杏子那么甜
青杏那么酸
杏仁有的香有的苦

母亲，原来也是一棵杏树
在大漠
在江南

秋 天

秋天适宜于提纯、淬炼
让纯净的更纯净
甜蜜的更甜蜜
圆满的更圆满
颓败的更颓败
秋日的长空如镜
云的心事透明
万物如其所是
这一场检阅盛大

颜色的玄想

白色，空无的颜色
安静，低调而内敛
缤纷色彩中的隐者
荒芜中的守护天使
寂寂寒冬中的精灵
生命中的华彩诗章

黑色，神秘的颜色
阴郁，绝望而深邃
万紫千红的吞噬者
乐园中的魔鬼撒旦
疃疃万户外的瘟神
星河璀璨灼灼之始

没有一个春天死者不会抵达

没有一个春天死者不会抵达
渴望重生的意志伴随着万物复苏
只要春风吹响号角
好奇的眼睛就在花儿努嘴的骨朵中张开
肢体轻轻在杨柳中摇摆
鸟儿清脆锐利的鸣啾啄破沉默的胸膛
忧伤而又明朗的心事溢满融蓝的天空
化作春雨撒向黢黑的大地
沉睡的种子

一截木头的疲惫

一截木头的疲惫
是大火燃烧后的灰烬
形态保留着
风一吹就散了
西比尔老得缩成一团羽毛
生命的热情耗尽了
肉身变得无比轻盈
无所依傍，无能为力
原来让人在这世上扎根的
是灵魂，是眷恋
是充盈的、丰沛的力——

生命的密码

我把喜欢的人介绍给我喜欢的人
我收到玫瑰也赠予玫瑰
我一无所有我无不具有
我从世界走过
世界也在我身心流转
我在此刻中体验永恒
我在永恒中感受此刻
我与万物同悲同喜
我站在时间的河流之外
生命的密码玄奥
领受这神秘与惊奇

五月之光

我想这是必经的过程
对于生命的完成，圆满
不逃避任何考验
勇敢地应对
尽管有时也会狼狈

守着我野草般的倔强
凝视你夏日的金黄与洁白
颗颗圆润饱满如珍珠
被锋芒包裹
思绪纷扰如飞絮

养一盆浮萍
所得皆为所召唤
和应得
念及此，对所拥有的
满怀深情

莫悲伤

秋风起，莫伤悲
待到寒冬
草莓花儿开

且起舞，伴落叶
这儿火红
那儿金黄

春　秋

不要哀叹冬之将至

秋天就应该像大火烧荒野

生命的老虎狂奔

猛啸　尽情的挥洒

释放　充分的燃烧

高蹈　展露

放飞每一片叶子

然后　收缩自己

蜷伏　虬枝老干

直待空灵的雪落

恍如梦境

被一首诗击中

被一首诗击中
砸得疼
那个柔软的坑洞
现在我们共享了

你知晓我的秘密
你把它说了出来
于是我来寻你
想要发现
更多我的秘密
和你的——

这是神奇的时刻
灵魂与灵魂相对
赤裸
穿越时空
喁喁细语

空 悟

你灰色的灵魂
我徒然的渴望
回忆和想象为它镶上金边

我向白雪追问来处
是否质地、色泽、形状各个不同
却是同样的精良？

沉默的面纱
微风不要去拂动
灵魂的美酒我已畅饮

不再寻找道路
让道路悄悄来到身旁
由一滴水走向大海

太阳落下，群星升起

对世界的信赖源于内在

每一个空杯都盛满了宇宙

秋风来的时候

秋风来的时候，万物温柔
不再似夏日峥嵘
一声呢喃的叹息，告别枝头
以优雅的舞姿，回归大地母亲的怀抱

也许我们并不需要一直饱满、丰盈
可以为露珠的，也同样可以是寒霜

当气温降了又降
大地的水汽凝结
以一种肃杀的方式
火红的柿子挂满枝头

春回大地

需要走过多少路
伤过，痛过，欢喜过
才能轻歌曼妙
让那远古的女神
复苏，如春风

拂过花草
把那一树生命的繁花
绽放，奏响灵魂的
清越之音

回头看
世界曾经简单明澈
宛如初生
我们却称之为幼稚

万物都有缝隙

在树与树之间
有野草、灌木和藤萝生长
万物都有缝隙
让美好发生

夜莺与玫瑰

今晚在宇宙的摇篮里酣睡

天空挂着一弯甜甜的黄月亮

风轻柔地唱着歌

群星欢笑

地球缓缓地旋转

载着我在太空漫游

一股细细的暖流注入

薄薄的雾气氤氲着

鸟雀的翅膀翩飞

花儿摇曳

心池是一片福地

给我们生命的乃是至善

无　题

五月属于荆棘
夜莺将胸膛贴向尖刺
用鲜血晕染成花
大朵大朵的热烈的玫瑰
月季，蔷薇
蓬勃在大漠

就像是月亮
拥着阴晴圆缺
照见悲欢离合
孤悬在夜空
折射太阳的光
附丽想象的传奇

避难所

修辞太盛
只想回归于物
安静，纯粹

一朵小花
敞开一个被庇护的巢
栖居在内部

寻一片清凉在夏日

幸好我们并不都是太阳
否则在这样的夏天
哪里还能寻得一片绿荫和清凉
念及此，雪山让自己
又冷酷了几分
月亮怀抱着自己的阴影
高高地行走在天上

摇荡人心的时刻

每一片山水都以其慷慨
给我滋养
就如大漠的辽阔
雪山的高冷
戈壁的荒芜

草原上一朵花的绚烂

海　螺

我自我中流浪、挣扎
我与我对抗
湍急的大漩涡
下坠的力量
一个涡旋的壳

我们需要一次一次
把自己从水中捞起
在生命的深处
回荡大海的喧响

看星星

要足够暗，
才能看见满天星斗。
我们将自己隐入暮色，
远离繁华。

然后打开远光灯，
归返。

辑五

蓝色的豹子在山上

如果爱也能遗忘

如果爱也能遗忘
如何才能证明曾深爱？
如果时间是疗救的良药
如何才能证明曾至痛？
我们以恍惚遮盖深渊
目光的转移带来新的喜悦
它不被提及却一直存在
宛如生命的圣殿

火狐狸

思念是一只小小的船
悄悄地溜向海湾
孤独是埋藏在地下的种子
静静地伸出藤蔓
蓝色的豹子在山上
火色的狐狸在胸中

催开你心中的玫瑰

催开你心中的玫瑰，
派蜜蜂去数点花心，
甜蜜的，
你可曾提防狂风？

我的好奇心

想要了解你
却不窥探你
我的好奇心
更多给了我自己

我静静地敞开
就像一棵树
等待
聆听
你的啼鸣

自由的时刻

蓝色的豹子入梦来
风也轻柔
草也轻柔
世界清浅得就像小溪
这是自由的时刻
尽管戴着枷锁

祭

想起你就像马儿跑过山坡
彗星划过夜空
樱花已经开了
有的人却没有回来

爱有几分
恨便有几分
是的，明白
你要打点起行装流浪

雨

好像是雨……
这世间最美妙的声音
我不愿意起床
让它再下一会儿
在我的幻觉里

我曾在洗手间
也听到过她的到来
裙裾翩飞
轻灵自由
所到之处明净清新

桃花开的时候
每一粒沙子都蠢蠢欲动
杏花拢在尘埃里
多么渴望
一个梨花带雨的春天

奔驰在旷野

以风雨雷电为车辇
脱轨的惊恐
害怕会被甩出去
万劫不复

你的眼泪
是我心底的泉
沁润大漠深处
焦枯的根

炼　狱

心，头脑和肉身
并不常常和美
它们打架之日
便是我受苦之时
谁更可靠？

我知道肉身诚实
头脑广博
心地善良
这就足以
造就炼狱——

那一天

那一天大地着了火
我看见她赤着脚
发疯一般地奔跑

穿着一袭红裙子
像是一只受伤的鹿
一团跳动的火焰

砂石能否温柔以待?
荆棘伸出臂膀——
可有一个洞穴——
轻灵纯净的水——

我只是远远站着
看她狂奔
却从未跑出我的视野

爱的秘密

关于爱，有许多
书上找不到的秘密
这里河道纵横
丛林幽暗
荆棘遍地
还时不时有老鼠
兔子和蛇……出没
不可能跟着向导
亦步亦趋
没有任何现成的
路径可走
目的地固然就在
前方，却需要
每一步都专注于脚下
以身心作为指引

父啊，是大写的男人

也算是历经考验了
逐渐有了山的厚重和巍峨
专注而深情
父啊，是大写的男人
把一个劳力者
提升为大地上的舞者
把重任扛在肩上
为爱而奔走
生命的欣喜
青山不改绿水长流
宇宙大爆炸的发动者
漫天星辰

秋

秋风已拿起画笔
大地燃起了火炬
树木捧出了珍果
鸟儿重整羽翼
花儿纤弱——
为这最后的奉献
万物表白，深爱
热烈，温柔……

生命是一座庙宇

我又空了

被无垠的雪和冰覆盖着

万物沉睡万籁俱寂

光秃秃的柱子立着

唯有风游荡

生命是一座庙宇

供奉着悲喜

四季流转

当繁花退却

最后一片叶子落尽

心灯犹似一朵热烈的红莲

打开闭合

凭着光的召唤

逝去的时光

要如何和你告别?
这冗长的伤害——

再也回不去了,
逝去的时光,
竟然有了嬉笑无虑的纯真。

遮起面目——
一步步退掩回自我的洞穴,
寒冬里更为内在的生活?

根芽迟钝,呆笨,
以倔强的沉默对抗僵硬的泥土,
甲壳里的生命享受奇特的温暖。

雪花也会迷路,
跑到寸草不生的地方——

万物隐忍，虔诚等待，
　一个出门的好日子。

我的灵魂和你一起歌唱

穿越岁月的烟尘
我们看见彼此
我的灵魂和你一起歌唱
清澈刚毅明净如冰峰

苦难中我爱得最深
生命的急流冲撞着你
也冲撞着我
大地飘浮如岛屿

看不懂的命运
理解不了的宇宙
以过去为基石
当下为跳板
刺穿未来的虚幻

救猫还是救画
他们给出了选题

我只为良心负责

小如芥子大胜须弥

我喜欢与你活在这尘世里

我喜欢与你活在这尘世里
蓝色的豹子在雾中
一起看冰封的河
归来的鸟
和万物的坚忍，葱茏

众神栖落的日子

摇荡的绿啊，飘浮的云
碧蓝的晴空，娇美的花
欣喜的眼睛，沉醉的心
众神栖落的日子啊
只想做一个行者
走着，跳着，欢喜如狂
沉思默想着
我与你共在啊
多情如翩飞的蝶
哗啦哗啦的流水
轻柔的风
飘摇的裙裾啊
洒落的光
一个白日的梦啊
在天边
悄悄降落的雨啊
疾步狂奔的生

有雨落在心头

北风已经不再呼啸
冬天已经过去了
河水温柔
对枯枝败叶都有笑意
鸟翅上载满花香
在每个枝头点染

时光的脚印在泥地里
每一天的跋涉
都要保持恒久的耐心

莫尔索

就像光渴望着光
灵魂与灵魂唱和、应答
相互吸引一起漫游
彼此分享对世界的了解
拓展生命的疆域

就像光远离着光
独自照亮遥相辉映
顽皮地眨着眼
点缀同一片天空
却永不靠近

就像光消灭光
太阳一出
群星掩没
万物欢欣又萎靡

白昼让人疲惫

扯一片夜色

裹一点微光

休憩吧，晚安

明日醒来

戴一副墨镜

迎一轮朝阳

我以万物为情人

我以万物为情人

我拂一拂柳的裙裾

摸一摸花的脸

我拍一拍石头的肩膀

撩一撩风

我热切地追着雨

欢笑着向太阳

我热爱着猫的眼

学习着小狗转圈

我生了根

我长出翅膀

我与群星嬉游

我与波涛共舞

远方的故事

近前的悲喜

我既在此处

又在彼方

我爱着你

爱着我

爱着广袤的宇宙

和这细小的沙

有种幸福是蔚蓝色的忧伤

我曾经路过月亮

天上的宫阙

豁然为我洞开

琼楼玉宇，琼浆玉液

群星的杯子叮当

疾驰，我的马车

酩酊，是我的心

蔚蓝色的星球

褐黄的土地

我所渴慕的家园

十二月

叶子落在地上
青蛙躲在土里
熊藏在洞中
你却像呼啸的风
忙着播种

真实的甜苦

本来以为会沉睡的
轻轻一唤却醒了
爱与恨的根芽总是执着

谁说佛祖总是厌世
明明可以背转身去
偏偏拈花而笑

这真实的甜苦
人间的香火
疼痛，欢笑
喧哗如夏日的晚风吹过田野

钻天杨在寒冬抛却一身浮华
剑指浩天无穷的奥义
纯净、刚毅
银白的袒露

回 望

一回首，生命已成荒野
那些记忆的空白是断裂带
只有一些风蚀的土堆矗立
曾经发生过什么故事？
拥有怎样的繁盛？
我的泉源，河流，都在哪里躲藏？
摇曳的枝条，鸣啭的鸟儿
昔日的欢声笑语
那些亲切的脸庞
你们都去哪儿了？
那些惊心动魄，撼动心扉
以为永生刻骨铭心的
也都化为漫漫黄沙
原谅我风驰电掣
原谅我疲于奔命
原谅我疏于关照
我以为你们是永在恒在的
原来也不过是一声哀婉的叹息

沙漠玫瑰

没有爱的世界只有风飘荡
随意地撩起一捧沙
又放下
囚禁在空漠里
不会有根扎下来
芽冒出来
枝叶抽出来
花朵果实长出来
欣喜、愉悦和美
绽放在阳光下
那是生命自由的状态
爱是自我的实现
拓展、扩张、辽阔
爱是一种连接
绝非锁链
囚禁、凌辱、毁灭
只有爱才能回应爱
心对心的召唤

孕育玫瑰的

也同样生长着荆棘

这是属于我们的黑暗

与光明

复 位

曲终人散后是无边的寂寥
我们缓慢地收拾杯盏
将一切复位
在自己的空旷荒凉里
重新播种热爱

美丽人生

向晚的风吹拂

空气里是淡淡的花香

孩子们喧闹着

蹦跳着

唱着歌

一位教授在战场上

为学生上网课

好似这个世界

没有创伤

无　题

没有开始

也没有结束

我们为心象所惑

在自我的牢笼里

脱茧化蝶

作茧自缚

偶然，受着必然律的

牵引

窥见轮回

那一刻的惊悚

魂飞魄散

一片一片地找寻

缓慢地收拢

跋涉，艰难

心痛，窒息

渴望回望

却又执着向前

这生命的雨林

即便如此缠绕

依旧十分美好

献给属于爱的日子

我经历过这样的脆弱
我知道我们容易犯错
有时候我们还会迷路
跑出去很远
找不到家
甚至不想回家

有时候我们骄傲
有时候我们倔强
有时候我们懒惰
暴躁、贪财、好色

七宗罪一一数来
我无不具有
但不影响
这样一个我
热爱光明

也不影响

我依旧爱着你

那些美好的方面

包括光影

塔克拉玛干的雨

夏夜，好像有雨敲打窗扉
然而这大抵是空调带来的幻象

在大漠，雨是一位隐士
被贬谪的忠臣
照管着莽苍的群山
哺育着奔腾的河

不要期待她／他能主动造访
若是有心寻访
她／他会携烂漫山花迎你
送你碧草如茵

雨啊，在塔克拉玛干
是思念的代名词
想她／他的时候便已在雨中

邂　逅

有一只小鸟旖旎向我走来

一身鹅黄脸颊羞涩

头戴王冠裙裾飘摇

踏脚踱步自在逍遥

好似戴着眼镜

一副智者模样

眼睛纯真好奇

永远面带微笑

不知人世险恶人性奸险

只管走到身边和我相伴

顷刻内心温柔

只想把你守护

致父亲

父亲，需要走很远的路我才能够来到你身边
从东到西，横穿整个中国
我去倾听你遥远的足音
金戈铁马，壮阔山河
这是你曾经行走的土地
你热血浇灌的土地
你用生命守卫的土地

你的精神世界宽广辽阔
你超越一个农耕民族的局限
跟随着驼铃一路走向远方
在异域的人群中守护自己的信仰之光
相互交流交融，打破阻碍隔阂
充满对故土的眷恋
与对生命的悲悯

你的豪壮，你的虔诚
你的英勇无畏，你的广博大爱

你的忠贞，你的柔情

你的帅气英朗，你的温文儒雅

你的丰富性、复杂性

包括那我无法理解的部分

都让我神往——

因为你我爱了全体

因为你我爱了全体
包括那不值得爱的部分
我不知道你的名字
我只能在特殊的情境
才能认出你
比如瘟疫暴发
比如山火燃烧
比如洪水来临
比如一切危急的时刻
比如那些美好的时光
灵魂总是羞怯
时常包裹在粗糙的外衣之下
我不知道在关键的时刻
谁会来救我的命
我不知道在需要的时候
谁会为我伸出援助的手
我只知道也许是你
也许是他

可能，也许是它
所以我轻声对自己说
保持谦恭，保持善良
让爱爱得再多一点

命　运

凡有所爱

皆成牵挂

思念是甜蜜的痛

隐秘的丝线

系着你我

克罗托最为勤勉

拉克西丝细心谨慎

阿特洛波斯

让这痛楚

甘之如饴

神圣的痴爱

一颗老式的灵魂恋旧

守着自己的房间

开无数的窗子

并不轻易出门

却贪恋风景无数

想象中的拥有即足够

在家，在宇宙

自在遨游

灵魂的探险同样惊怖

最为恐惧分离

每日面对分崩离析

一颗古色古香的灵魂要出海

最为紧要的是沉稳

载满霞光载满落日

归返的小船却轻盈

何必要紧随时代潮流呢？

你的沉吟轻唤

时光的鸽子栖落你膝头

你说的和我知道的

知道我们会分离
相聚是偶然
所以珍惜每一分每一秒
在一起放肆地笑
热烈地爱

知道我的卑微渺小
生命里谁也不会
离不开谁
却衷心地感激
我们还是在一起

你说你一直在
等着我来娶
突然湖水溢满我心房
闪亮晶莹在双眸
有微风拂过
带着碧草蓝天的气息

神秘的引力

在见到你之前，
我就已经喜欢你了。
就像一朵花对
另一朵花的欣赏。
缘分乃前定——

灵魂凭借文字相识，
肉身总是羞怯，
我们都是球茎植物，
把稚嫩的欢喜
一层一层包裹。

塔里木的爱

干旱，这里的苦涩太深
必须使用大水漫灌
把盐碱压下去
才能长出甘甜的瓜果
粮食和蔬菜

所以并不透彻的雨
必须用炮打掉
要么全部，要么匮乏
塔里木的爱
不存在中庸之道

别样的柔情在秋季

九月，有小雨
像婴儿的小嘴
亲吻地面，花草
树木，和万物
轻灵，且美

蓝色的豹子拥着沉默
触摸黑暗，穿越丛林
蜷踞山岗
目光疏离而又机警

天空高远，大地宽厚
众神隐没
一股凉气氤氲飘荡
别样的柔情在秋季

就是这样也没有关系

我不介意自己更为自恋一点
就像喜欢冲着镜子笑
在所有的影子前流连

就是这样也没有关系
在你面前肆意做自己
放心大胆地暴露最脆弱的一面

也许还可以向世界撒个娇
或傲娇，并不刻意取悦
却又自信被宠溺

这是世间万物的状态
为何人却常常羞愧
或惶恐？

七 夕

那么丰盛，那么孤独
拥有一切也即失去一切

唯有爱使万物生根
超越得失

永远圆满，自足
永远缺失，匮乏

无 题

通透，明净，金黄
滴血的红
告别在秋季

一切都在下落
唯有你在飞升
与雁群的啼鸣
与阳光的温柔
与露珠的晶莹

大漠在裸呈
胡杨在风里
白菊花盛开的时候
默默将世界捧在掌心

历险记

像一片被风吹袭的羽毛
被收拢在掌心
以源源不断的热力注入
重新抖擞成一只鸟
欢喜在你身边

在我们知晓的世界之外
还有更多世界
穿越这茂密的丛林
有狮子游弋在辽阔的草原

永恒的骨头如风铃奏响

说起永恒，太过地久天长
我们只是活在瞬息，此刻
躲在花里微笑
石头中浪游

在轮回中嬉戏
相逢，擦肩而过
相守一生
短暂如一个夏日的午后

在似曾相识的惊诧中
彼此陌生
遗忘是岁月的桥墩
一轮弯月照拂着流水

我喜欢我是寂静的

而今我终于学会以沉默爱你
把寂静作为礼物
将目光收回
注目我自身
望向苍穹

如你所是般的爱你
以清澈的新奇面对欢喜
无需发问
不用怀疑
就在此刻

爱是永恒的纯真
信是唯一的道路
瞬间的光亮持续燃烧
存在的丰盛陪伴如磐石
安静有如花开

今夜，我的剧院座无虚席

热爱我的，终将聚拢而来
读着，讨论着，思考着
一首诗的花开

生命是绽放
最广博深沉的爱
转身犹如天空

宇宙浩渺
星星在远处独自发光
神秘的礼物需要时间慢慢领会

所有的戏剧百转千回
最是孤独的
最为热烈

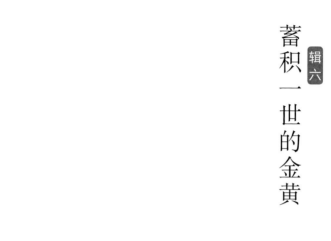

辑六

蓄积一世的金黄

致睡胡杨

像一只只手臂绝望而盲目地伸向上苍
祈求对生命的哀怜
像一个个英勇战斗、百折不挠的武士
在与无边的沙海搏斗
那是地狱的景象
那是古战场的模样
那是我们心中永恒的恐惧和敬畏
一切都被定格
一切都喑哑无声
只有那粗壮的胡杨王盘踞在高处
屹立、守望！

谁的马蹄达达？

谁的马蹄达达？

在这戈壁大漠

昼夜不息？

春华不驻

秋实不睬

你的心是坚固的城堡

风雨不侵

蜂蝶不扰

你心的门扉紧掩

胡杨的绚烂是个美丽的错误

你不是归人

你是过客

就这样扎下根来

就这样扎下根来
因为风的缘故
因为太阳的缘故
因为水的缘故……

一粒种子变幻着形态
长出细长的叶子
长出心形的叶子
长出扇形的叶子……

脚下的土地在燃烧
头顶的天空在炙烤
耳边的风沙在呼啸
心中的梦想在飞扬……

要站成永恒啊
要释放自己生命的能量
要不枉一世的辉煌……

因为风的缘故

因为太阳的缘故

因为水的缘故

……

渴　望

渴望一场春雨
丝丝润润地渗透心田
洗尽一冬的尘埃
展露明净的笑颜
催那沉睡的醒来

等来的却是大漠沙暴
遮天蔽日摧枯拉朽
向生的，用强壮的根须
为自己探一眼泉
汲取大地深处的甘洌

秋天不宜深情

秋天不宜深情

冷雨敲窗到天明

逡巡的风

诉说着虚无缥缈的心事

绕着叶子打转

大漠边的胡杨

在蓄积一世的金黄

报于秋风

报于冷雨

燃烧这荒凉

春风还没有吹响号角

春风还没有吹响号角
万物岿然不动
一片灰黄的苍茫中
乌鸦翻飞
百草沉睡
驿路梨花摸索着黑暗的隧道
大漠胡杨坚忍着老干虬枝
没有一个春天不带伤痛
飞沙走石中的洁白与新翠

秋 天

秋天，荒草也有了智者的模样。
大地狂野似少年。
云朵栖在秸秆上，
地火擎举在树干上，
河流挂在天边上。
果实招摇，
圆满得没有忧伤。
我去叩胡杨的门，
流泻，满眼的金黄。

光

有的光是烛光

风一吹就灭了

有的光是白炽灯

电一停就熄了

有的光是星光

大气污染就永远看不到了

有的光是月光

阴晴圆缺低徊婉转

有的光是太阳

即便风雨即便极夜

恒在——

所有的光，或长或短

都在不同的时段

照亮过自己

就像此刻的一首小诗

擦燃，如火柴

温暖过一个小女孩

火焰落在大地上

火焰落在大地上
丛生的金黄与火红
迈达斯的世界
普罗米修斯的梦想
燃烧不安分的心
已经是秋天了
荒野也会疯狂
宣泄隐忍的辉煌
直到萧索枯寂的冬
用轻灵洁白的雪花
抚慰万古的焦渴

小世界

阳光晴好

温柔地照着树林

每一片叶子都通透金黄

风也是静止的

树叶簌簌地飘落

兀自划着优美的曲线

这一方小世界静谧，安详

独立于车水马龙之外

情不自禁

我伫立，观赏

纷飞着向前

秋　歌

那些哭泣、哀嚎没有声音
若是被听见
如雷霆喧响
以春天的名义行使秋的特权
这样的金黄
燃烧着林莽
万物抖落一身的繁华
以生命的枯寂萧索
对抗凉薄的风

塔里木的秋

这是一场盛大的表演
每一片叶子都通透金黄
它们在风中认真地摇摆
一幅岁月静好的模样
我们崇拜，仰慕，高歌
赞美，却又痛苦，彷徨
巨大的徒劳笼罩着
虚无的深渊
对水的渴望让树冠光秃
海量的蒸发
三千年的神话
掩盖不了枯骨处处
大漠的唇裂开着
塔里木的风搅动黄金的海
朝圣的人们恭顺地
交出最后一点绿

我们都是树木

何必靠得那么近呢？
我们都是树木
现实梳理得我们笔直
把枝叶伸向天空
把根扎往黑暗的地底
我们开自己的花
结自己的果
争取属于自己的阳光
佑护我们脚下的土地
只是偶尔风起
我们沙沙作响
或发出海浪一般的声音

胡杨退回到枯寂里

胡杨退回到枯寂里
就像那些黄金的叶片
不曾光顾它的枝桠
哭泣，是有的
祈求，也是有的
擎举着遥远的星光
紧抓着脚下的土地
扭曲，傲岸
若是一直这样挺着
是否会有洁白的精灵降临

世界的寓言

每一棵树，每一株草，每一朵花
都从根部生长出坚定的欢喜
张开所有的枝桠，叶片，花瓣
迎接雾霭，云霓，霹雳，闪电
沙暴，虫害，露珠，和鸟鸣

何必害怕呢？惊恐如一只兔子
动荡如澎湃的湖，不安似落叶纷飞
那些根的秘密我们从未知晓
地球蓝色的忧伤如何孕育了爱的能力
让万物生长，去触摸星光，沐浴阳光
感受世界的玄奥，生命的神奇

每一棵树，每一株草，每一朵花
都追逐着阳光，和水
牢牢地抓紧脚下的土地
并不贪婪，并不希图占有
它们只是张开自己

奉献斑斓的色彩
花朵，果实，及一切

每一棵树，每一株草，每一朵花
都将自己铸造成为桥梁
成为路
成为泉源
而非一个人心不足蛇吞象的渊薮
它们之间微妙的差别
这世界的寓言，令我痴迷

看过太多的悲剧之后

我喜欢每一粒沙
爱它们黄金的内心
爱它们曾经作为岩石的过往
爱它们也许永远不会葱郁的未来
何必一定要开花呢
何必一定要结果
有风来时就起舞
没风时就戏耍阳光
能够滋养一棵骆驼刺或小梭梭
就滋养一棵骆驼刺或小梭梭
如若不能，就安心做一粒沙
用自己的渺小与浩瀚
衬托胡杨的伟岸
塔河的柔情

那些花儿

那些花儿哪儿去了？
那些小花是怎么没的？
我坐在荒漠里哭泣，
哭泣那些被春天劫掠的花儿。
他们说为了春的到来——
为了夏的热烈——
这些盛开在冬天的花儿，
必须被锁在黑暗的深渊。
那些带着微光的花儿，
那些凌寒独自开的花儿，
能否有一个春天，
让你们也在丛中
笑？

致银柳

沙枣花开的时候
馥郁，浓烈
像是香氛的炸弹
冲击鼻腔
采撷了多少星光
把多少金沙聚敛
忍受了多少饥渴
才有此刻的辉煌
而今的狂暴
与温柔

大风过后
好像什么都没有发生
世界安静如常
但是花朵吐露了秘密
果实隐藏着秘密
树干显露了秘密
他们挺立

芬芳

甘甜

迫切，又从容

饮　酒

今夜我贪杯

愿为君沉醉

火焰的烈马升腾

烈马的火焰驰奔

这麻辣酸涩

五味杂陈的人间

宴飨，品味

涮它——

瑶池多少琼浆

醉倒天上宫阙

群星迷醉

月亮踉跄

柽柳东倒西歪

胡杨强自撑持

马路立起身来

震惊——

挥洒多少疲惫

扬起多少烟尘

河流宽阔

雪山静默

短暂的放纵

在西域

造梦的草原

漠边——

致常青藤

我时常想起你了
柔弱，纤细，娇嫩
攀附的代名词
这受伤的名字
我想揽进我胸怀

胡杨因太过刚勇
而显得疲惫
谁又能总是向天空
发起冲锋

凌霄花的攀援
不是为了炫耀
只是因为生命
应该绽放在高处

匍匐在地的小藤萝
也会生长出筋骨

在岁月的虚无里

攀上断壁残垣

老树残枝

留一分醉在秋日

我听见夏夜的酒杯叮当

星星喝得东倒西歪

微风吹醉了月亮

塔里木河唱起动人的情歌

大漠奔涌

胡杨婀娜

荷花的杯盏盛满了祝福

留着这一杯

我们醉不醉之醉

这一份沉沦的清醒

是落寞之人的春风得意

向日葵

必须要钻破坚硬的壳
在黑暗里摸索很久
才能铺展心的叶子
挺直腰杆
每日转动身躯与头颅
向太阳礼赞

受惠于太阳
便也长成太阳
以大大的金黄色的圆盘
与星光共舞
与黑夜相伴

你盛开自己的花
也生长自己的铠甲
以热烈、忠贞和赤诚
使籽粒饱满
酝酿一缕香魂

大漠荷花

一半是江南，一半是大漠
你以中空擎举佛光
只要一方泥塘
半池清水
管它烈日狂风

怀抱儿张开，承载雨水的
也同样迎接沙尘
在焦躁的世界里
用江南的烟雨
为自己做心灯一盏

致塔里木河

塔里木河，唤你一声
我已是泪流满面
今生我来看你
请给我岁月静好的模样
请告诉我
你内心安详
奔腾自由
并无悲壮与决绝

他们说，你是无缰的野马
我看见了你波澜壮阔
浩浩荡荡的模样
你裹挟着泥沙
枯木
护堤的岩石
滚滚向前

这是你极为盛大之时

不再匍匐在荒地里

苟延残喘

高温，冰川融雪，降雨

成就了你的辽阔与壮美

生命的酣畅淋漓

超警戒的流量

你枯竭，人们惊恐

你盛大，人们依旧惊恐

这寄附于你的生灵

卑微，渺小

需要你不愠不火，不疾不徐

做这绿洲温柔的母亲

守护塔克拉玛干风干的心

这可真单调、无聊、贫乏

被生命的轭困守

烦劳的重负

责任的铁链

还要面对贪婪的掠夺

无情的玷污

永远无法抵达浩渺无际的绝望

这大漠是你的宿命
而雪山是你的源头
人类的欲望主宰着你的沉浮
苇草临水而立
胡杨、红柳静静站立
自私的小儿女
却只是驯服你的身躯
没有优雅自己的灵魂

您好，九月

九月，聆听一棵树的布道
如何从飘飞的种子长高长大
如何从根到叶铺展满树的芳华
如何抵抗烈日忍受饥渴
如何在严寒孤寂中兀自独立
如何在风中飞舞弹奏自己的乐音
如何招待鸟儿佑护花草
如何从葱绿走向金黄迎接冬雪的洁白
如何伴着边疆大漠拥有了石头般不朽的品格
如何把自己藏入地底历经千年
化作一朵轻盈的火焰

出于泥土归于泥土
一棵树只是一棵树
一棵树超越一棵树
一棵树的存在
指引回家的路
寓示人间全部的美好

致恩师

今天月亮是您的
星星也是您的
包括太阳
您曾经以您的光辉
照耀我
以您的温暖温暖我
以您的灵魂激荡我的灵魂
感恩您的启迪
您是因自己内心的光明
而点亮世界的人
今天所有的光亮
感恩您的赠与——

十月金秋

风是安静的
我们也是安静的
学习一只散步的母鸡
专注于自己的世界
不去理会
那只袭扰的狐狸

让金黄驻留我们心头
享受这一刻
内心的自由

万寿菊

馥郁，辉煌
美得惊心动魄
丝绒的质感
烈焰的色泽

何等深情
让尔在深秋
如此的热烈
美艳如斯？

仿佛地底的岩浆
喷涌
宛若太阳的浓光
汇聚

最为顽强坚韧
要以草木之躯
与时间争竞

绽放美洲的风情

在西域——

元宵节

空气里有一种温暖的味道
遍地是烟花绽放
立春之后，有许多
看不见的好事
正在发生

大地疼痛
依旧一言不发
以沉默
进行自我对抗
酝酿一次生命的勃发

海棠花开了

这是我和你的约定
去赴一场繁花的盛会

注定要错过了
我又回到冬天

而你去往远方
鸟鸣在清晨碎裂

树木在平静中等待
一个青花瓷的春天

雨水先我而来
诉说白云似的忧伤

胡杨颂

我对你的赞颂
不会高于一石一草
不会低于蓝天白云

大地之上
万物相竞，相生
自足自得
以自己最为理想的模样
取悦世界

端午怀想

时至今日，那些飘扬激荡的逐渐回落
就像叶子回到枝干
枝干回到根
根回到大地
在黑暗的深处找到神秘的泉

我们采摘苇叶将生紧紧包裹
一种古老的仪式赋予洁白
以执着的黏性
将花生、红枣、蛋黄……
统统容纳

一个高蹈的诗人带来瑰丽的想象
一种决绝的刚烈
并不和解，永不同流合污
高歌着走进江心
选择自己的归处

处 暑

清亮的美，人生如初见
只会更甘醇芬芳
我们喜欢挖掘生命的泉
收集叶尖的露
提炼玫瑰的精油

秋天的工作

昼夜不停，织就这一片锦绣
搭建起辉煌的殿堂，鎏金砌玉
力的热情，色彩的狂奔
老虎的童话在大地

柿子的寓言在树上
太阳的金雨透进万物的灵
一年一度的悲喜剧
椿树如火，棉花铺了一地的白

再开一朵花，再结一个果
把那瑟瑟秋风视若浩荡春风
趁寒冬尚未到来
叶子奋笔疾书最后一首赞美诗

秋之恋

我们照拂自己的疼痛
在青绿之间
以金黄诱惑
以火红安慰

疲惫就像风穿行
晕染，摇荡，扫掠
那声最细微的
叹息，惊诧，呐喊

惊醒整个树林
鸟雀南飞
万物储藏
枝干疏朗而又挺拔

漠上花开

辑七

每一条河都在流向你

三　月

三月，雨点拍打着地面
唤醒沉睡的大地
忧伤就如心底的湖
清澈却不见底
撑一把伞
走进缠绵的雨季
和天地
谈一场
没有结局的
恋爱
一滴滴
挂在松针上
晶莹剔透

三月，空气中透着焦渴
沙尘弥漫
希望就如剑指的胡杨
挠曲却挣扎向上

放一只风筝

在沙尘暴里

和狂风

跳一曲

天昏地暗的

舞蹈

一圈圈

盘旋在大漠里

惊心动魄

三月，心底里静静地

流淌着一首小诗

梦想如春芽

鼓胀却不喧闹

走一段旅程

在南北间

和未来

进行一场

没有言语的

对话

一分分

凝眸在微笑里

淡定从容

游温宿大峡谷所感

突然理解了那割掉耳朵的疯狂
天地有大美
这鬼斧造化的神工
除了要以自残的方式
又该如何表现？

旧日的我已在万城之山的震撼下
崩塌、四逸
新的我却还在生命之源那儿流连
为它身后的神秘所蛊惑
一切犹如有关世界的神谕
只是我们无从知晓

大漠的春天

春天，来到大漠的
一定是个疯女人
酩酊的，一夜爆出
花千朵，搅起
万里沙，狂暴
激烈摇撼着大地
直到夏日，太阳的
目光威猛，消歇
甜蜜的果实，孕育

大漠的雨

今夜，大漠的雨横扫千军

雄浑，激昂，摧枯拉朽

暴烈的风也无力

狂傲的沙也不能

对万千生灵的爱使她勇敢

已是六月了

还没有醒的要唤醒

已经生长的要壮大

那些因为久渴而焦脆的心要滋润

夏日的着装要盛大

诸神的天空要明净

大漠的雨要出阁

摆脱她的淑女范

大 漠

又下雨了
大漠边也并不总是艳阳天
云儿那些兜不住的心事
苹果听去了
竟然羞红了脸
树叶听去了
赧颜灿若繁花
有的钻进大地母亲的怀抱
忍不住撒个娇儿
河流听去了　一路欢歌
只有大漠咂巴着嘴儿
继续沉睡

大漠边的秋雨

忧伤是寂静的
欢笑喧哗得像林间的小溪
百鸟在歌唱
蛇在悠然缓慢地滑行
一只兔子受了惊
在慌慌张张地狂奔
大漠边的秋雨
竟然连绵不绝
宛若江南

大漠烟尘

尘埃立在空气中

尘埃黯淡了太阳

尘埃模糊了春天

尘埃如烟似雾

尘埃飘荡在城市里荒野中

尘埃无处不在——

尘埃侵入我的房间

尘埃钻入我的口鼻心肺

尘埃落在我记忆的褶皱里

尘埃阻滞着我的视野

尘埃包裹着我——

这一片大漠就是全部

我在尘埃中穿行

目力所及

沿着花儿指示的方向

你们灰头土脸……

你们不减明媚……

一丝丝润泽悄悄潜入我心底

就像那条迷蒙中看不见的河

依旧在奔腾

波澜壮阔地流淌——

五　月

五月，一天一天明亮起来了
阴影也慢慢加深——
女人陷在自己的宿命里
失乐园的故事在每日上演
记忆不断被删削、规训
一遍一遍重写、覆盖
注释、说明与矫正……
酸涩的青杏在臌胀
紫色的鸢尾依旧在练习飞翔

七月的清晨

一片绿色的海在枝头摇荡
泛着银白的波浪
泼洒绿色的清凉给我

塔克拉玛干柔顺安详
巨大的褐色飘带
鼓动在塔里木

向着雪山飘摇
祖国啊，此时一粒微尘
在向你敬礼

塔里木河

每一条河都在流向你，
蔚蓝的深邃的博大的海！
唯有这一条迂回婉转，
沉默坚忍，奔腾如野马，
在荒山在大漠在戈壁，
带着所有的绿意、生机
和活力，清纯与浑浊，
陪伴着死亡之海，
逐渐消亡归于永恒。
海与海是相通的，
水与水流转……
塔里木河并不悲观也不着急，
只把塔克拉玛干
拥在怀里一路青葱——
耀眼的金黄！

塔里木的雪

一场又一场，纷纷扬扬
雪花飘落在塔里木
滋润塔克拉玛干
荒凉的心
洁白的晶莹的轻灵的
天国的花儿
一朵又一朵
一只只
翩飞的白蝶
孤立的沙子
光秃的枝桠
空无的老河道
迅疾的
藏起每一朵
绘声绘色的
把繁盛的秘密
转告沉睡的种子
期待一次复活

春 天

一朵一朵绿色的云
从大地上升起
一树一树的繁花
从内里绽放

万物不改初心
一次又一次
受着阳光和水的召唤
从枯寂中创造自我

跌落地上的篝火

人群散去
精彩的故事才刚刚开始
群星静默
俯视跌落地上的篝火
雷公电母的怨怼
泪水熄灭不了的愤怒
四处逡巡游荡
打家劫舍的风
起伏连绵的沙丘
隐藏掩埋的幽灵
蜷伏各处
慢慢聚拢的阴影
哀哀低诉
远行人难以自述的心曲
往古来今
多少不被倾听的传奇
震惊芦苇的耳朵
炸裂胡杨的魂魄

星星为之瞠目
河流凝然不动
人类回到各自的窝巢
灵魂照看着天地

言语之井

蠡测这深度
沉默，拒绝言说
那些不能触及之事

一次叩问
盛开一朵花
浅淡

词不达意
轻易敞开的
并不珍惜

三月的桃花从不喊疼
只在春风里舒展
把秘密藏在核里

只有太阳持续探访
以热力催逼

大地才会掏出

滴血的红
硕大的花朵

汉字的遐想

我想"阔"很久了
阔是一种生命不安分的状态
活着总想推开门
扩大生命的疆域

或者，阔是一种生命的超越
在门里生动地活
读书，养花，种草
精神的丰裕

也许，阔最理想的状态是
能够走得出去
又能回得来
生命悠然自如
所有的墙
都不过只是一扇门而已

记得要轻敲

不能扔小石头

更不要"闯"

两块石头的"碰"撞

产生火星

检验生命的质量和美

那些骨骼

还有血肉的柔软

灵魂的质地如轻纱

只有风拂动

游上海知青纪念林有感

我也来到了这里
和你们在一起

看万山之山
饮万水之水
无量的沙
广袤的旷野
来去自由
强劲而狂暴的风

同样的希冀、迷惘
苦痛与忧伤
让我们在星光下颤抖
与自己的影子搏斗

曝于阳光下的挣扎
挺立、傲岸

跌倒又爬起
这姿势并不优雅
却又最为壮美和崇高

这里生长着不甘于
匍匐在地上的树
花草和人
最激烈昂扬的精神
充满昊天

当手风琴响起
你们欢笑如常
生命是一曲自由灵动的歌
都被风弹奏

一轮弯月拥抱着大地
俯听塔河的呢喃

致奥德赛

走吧，上路，去远方
承受这辛劳
迎接生命的不确定性

活着，呼吸
又怎能算是生活？
生命的小船
总要下海
是骆驼，就走向自己的大漠
马儿，在草原

想象性的拥有如何能算拥有？
惟有用脚丈量过的土地
才真正为我所有

去看没有看过的风景
去见没有见过的人
去不断拓展生命的疆域

去迎接内在的更精彩的自我

在路上的人总有故事
请把你的故事来为我讲述

夜宿康村
——独库第一村

今夜我们在康村小小的绿洲中
在少数民族同胞的庭院里
赏花，采摘花籽，眼馋
树上的苹果和一串串尚未成熟的
晶莹如玉的葡萄

今夜我们在天山的怀抱里
看繁星满天
原来只要步出灯光
就有繁星闪耀
久违的银河竟然在这里流淌

今夜我们贴着亚欧大陆的心脏入睡
呼吸间是果香、花香
以及内心的甜香
阿格乡康村，我生命中小小的驿站
辽阔的天地

致独库公路

建一座人类精神的圣殿
于群山中
以道路的形式呈现
蜿蜒、盘旋
扩张，延伸的意志
渴望打通，连接——

从北疆到南疆
穿越天山山脉
用十年的时间
168 位烈士的生命
上千名官兵的鲜血
浇灌一条唯美的路

走吧，我们需要以站立的
行走的方式
去穿越四季，朝圣
不必三步一磕

只需带上善感的灵魂
一颗虔诚的心

为天地的壮美
为造化的神奇
为人类不屈的意志
为沟通、交流的渴望
让世界以其最为
崇高、优美
壮阔、神秘的方式
将我们洞穿

看大地涌起如波浪
史前巨兽张开锋利的骨板
群山嬉戏
姿态万千
看草原辽阔
牛羊成群
白云悠然如仕女
大道通衢直抵天国

看那骑行者的背影

且行且止
自在停留
以纯粹个人的
私密的方式
致敬，膜拜

在赛里木湖

那一抹幽蓝啊
荡漾我心间
这大西洋的最后一滴眼泪
要将最单纯、明澈、纯净的爱
献给这杂色的人间

爱到极致
原来是蔚蓝色的忧伤
好比天空
好比宇宙中
那颗承载万千生命的星球

归来：致阿拉尔

你始终是我的诗与远方
我的日常烟火
在我身边我依旧想你
不在我身边
我永远追慕你

一只献身天空的族类
羞怯地兜着圈子
坚定地向我走来
选择做我生命的伴侣
我灵魂的光我肉体的闪电

飞翔与栖居，生活的两翼
我们都认真地守护
在无常中把握恒常
在给予中获得
在出走中回归

献给塔里木大学的歌

你是尘世送给我的园子
依傍着塔河、大漠
仰望着天山、昆仑
祖国最西部的精神殿堂

从东到西，历经三天三夜
我坐在绿皮火车上摇晃
看房屋由小楼、别墅
转为半边房、土坯房
看大地由葱绿逐渐变得
荒凉、荒芜
原来戈壁滩只是大片干涸的土地
并不如我想象——
砾石遍布
经由千百年的风吹日晒

呈现玉石的光泽
这里只是没有水
这里只有土地裸呈的渴望

我对绿色开始变得贪婪
有树的地方才有人家
我知道了它的名字
那叫——"绿洲"

你是绿岛上的一颗绿玉珠
我在疲惫的清晨走进你
你的清凉抚慰了我焦渴的心
你的美丽欢喜了我睡意昏沉的眼

这里的太阳是火热的
这里的人心是火热的
这里的梦想是火热的

你从胡杨林中来
一块小黑板
田间地头

就是教室、课堂
半工半读

你是共和国将军的杰作
对知识的渴望
对真理的追求
和平、稳定、富裕、强大的梦想
使你在边疆大漠
生根、发芽、成长、壮大

你已亭亭如盖
叠翠流金
我们是从祖国四面八方飞来的鸟儿
为你倾情唱响最美的歌

春天，你是花海
迎春花、山桃花、苹果花、梨花、杏花……
次第开放，蜂舞蝶绕
沙尘暴也难掩你的美

夏天，更加硕大的花朵
牡丹、芍药、玫瑰、月季……

最动人的还要数芙蓉
一年一年，丝丝缕缕
留恋了多少毕业离校的学子

秋天，圆熟的果实压满枝头
苹果、香梨、红枣……
艳羡了多少人的眼
甜蜜了多少人的心
不用担心蛇的引诱
我们都是女娲的儿女

冬天，阳光是温暖的
风儿是蜷伏的
若是有一场雪花翩飞
校园里都是惊喜的身影

我们在这里学习点金之术
我们练习敲击石头
让泉源涌出
我们飞向四面八方
化作种子

我们拥有一个共同的名字
我们是胡杨

最美的园子
最美的树
最美的追求
最美的梦
滋润我们最美的心灵
活跃最动人的身影
这一方神奇的土地
我们共同的家园
可以用万千的词汇来描绘
唯独不会有：平庸

印象笔记

中亚。沙漠。热烈的玫瑰。

舞女的裙裾。

歌声悠远而苍凉。

躁动的鼓点。

绚烂的胡杨。

流淌不到海洋的河。

氤氲其上的一层幻梦。

残忍而又唯美。

新疆，心疆

我们共同生活于这样一片土地
苦涩，干旱，荒凉，并不肥沃
白花花的盐碱地
像是寒冷冬日里的雪
在夏日太阳的炙烤下闪光

无情的风四处逡巡
把山雕琢为沙
把沙汇聚为海
把大地形塑为雅丹
把树木蟠曲为卧龙

沙漠，戈壁，高山
纵横绵延
只有小小的绿洲
滋养着梭梭、骆驼刺
红柳，胡杨……
野鸡，野兔，骆驼，马鹿

各色动物生其间
我们人类的家园

我们种植棉花，水稻
红枣，苹果，香梨
西瓜，甜瓜……
我们开采石油
挖掘煤炭……
我们修建公路，铁路
也开通机场……
我们把寂寞、孤独的生活
织成丝绸，锦缎

最为贫瘠的也最为富裕
最为偏远的其实也是中心
彼此隔绝的也相互连接
所谓静默的也恒在奔腾

以不屈的心泵动血脉
塔克拉玛干沙漠
悄悄地掬着
一湾湾清亮的湖——

在西域

请让我走过野花喧哗的山谷
听溪流静默地歌唱
请让我享受山峰的托举
看万山之山的壮阔

请让我拜谒生命之源
叹造化之神奇

请让雪花空灵自由地飘落
以来自天空的白
覆盖大地的暗褐、赭红
还有更深的黑

而我，也将身披风雪
携一方蔚蓝的湖
做一个归来的人

春到塔里木

佛塔栖在树枝上
佛光显现在花朵中
我如飘荡的沙尘
静静地伫立在空气里
感受佛的悲喜

对　话
——读戈壁舟《胡杨英雄树》

拂过历史的烟尘
我来到您面前
内心充满感激与崇敬

谢谢您为一个时代发声
这是您灵魂的歌唱
却又汇入了万千和声

在那灰、黑、黄的戈壁荒滩
您做一个青绿的梦
在沙漠的边缘造船行舟
撑一只长篙

把长江之水，黄河之水
引向这里
让胡杨生长
让家园建立

而今我也化作一个水滴

融入这片土地

汇入您的歌声

你好，雨滴

有多久没见了？
你还好吗？
是否依旧四处云游，
漂泊四海，浪迹天涯？
你的世界辽阔，
天上人间，
都是你的居所。
你的爱广博，
给万物做着沉默的宣讲，
一场又一场
神圣的洗礼。
你的身姿轻盈矫健，
眼神永远清澈明亮，
你的心事，
让我感觉可以
一眼望穿，
却又虚无缥缈，
神秘莫测。

哦，雨滴，

又听见你轻灵的足音，

你有节奏地

敲击着窗子，

多么美好。

我甚至不敢

径直奔向窗前，

走出门外，

与你相会。

你不知道

那风沙曾有多大，

多频繁，

它们掼进我的心里，

落在我的脑海，

这一片大沙漠啊，

终于成了我的家园。

我很想你，

多么期待你能来。

但是你不来，

也没有关系。

我知道你时常

去到山里，
在江南更是容易
把你找到。
而我已经习惯
在有你的世界边缘
做一个栖止的中心。
陪伴着雪山，塔河，
照顾我的花草。

六月的光束

那样酣畅淋漓发自内心的欢笑
与偶像拥抱，击掌
在绿茵场上奔跑
生命打破规则突围的快乐

从十二米高的大桥纵身一跃
调整着角度，让自己笔直地穿过水面
去拯救一个陷入绝境却又挣扎求生的人
对素不相识者有人以生命相拼的感动

一把油纸伞，一担荷花与莲蓬
团扇轻摇，笑靥相伴
西湖上的清风撩动衣衫与裙裾
人间浪漫、唯美、自在如流水

红 柳

何必保存实力呢？
我以为你只是一簇一簇的，
一丛一丛的，一片一片的，
艳丽在荒野——

塔克拉玛干的新娘呀，
如此娇羞，
掀起你的盖头来，
挺起腰杆，
竟然也会以树的形象
傲立在高空！

大地的赞歌

树是大地向天空敬献的花朵
土地从来不遗余力
表达赞美，欣赏和感激

有时候她以自身献祭
在太阳下裸陈荒凉
一种对自我丰富与贫瘠的礼赞

而我在大地的歌声中悠扬婉转
跌宕起伏，只想做一条小小的河
与她一起静默与喧哗

冬日的塔里木

这一刻，"她"是富足的
阳光照耀
沙漠静寂
旷野呈现慵懒的金色

鸟鸣的清越之音
穿越千年
胡杨姿态妖娆
在天地间舞蹈

迂回奔腾的河
在冰下缓慢地流淌
塔里木并不睥睨
也不斜视

"她"在亚欧的心里
稳稳地搏动

天鹅飞落塔里木

它们卧在寒冰之上
安静，一动不动
在冰雪的世界里沉睡
洁白，融为一体

神秘的力量
让其中的一对
远离群体
在水中自由地游弋

屏气凝神
我也站成一柱燃香
以天地为寺庙
在神灵栖居的塔里木

图书在版编目（CIP）数据

漠上花开 / 王玮著. —上海：上海三联书店，2024.8.
—ISBN 978-7-5426-8643-5

Ⅰ.Ⅰ227

中国国家版本馆CIP数据核字第2024NX8624号

漠上花开

著　　者 / 王　玮
责任编辑 / 董毓玭
装帧设计 / 徐　徐
监　　制 / 姚　军
责任校对 / 王凌霄
出版发行 / 上海三联书店
　　　　　（200041）中国上海市静安区威海路755号30楼
邮　　箱 / sdxsanlian@sina.com
联系电话 / 编辑部：021-22895517
　　　　　发行部：021-22895559
印　　刷 / 上海颛辉印刷厂有限公司

版　　次 / 2024年8月第1版
印　　次 / 2024年8月第1次印刷
开　　本 / 889mm×1194mm　1/32
字　　数 / 37 千字
印　　张 / 13
书　　号 / ISBN 978-7-5426-8643-5 / Ⅰ·1906
定　　价 / 88.00元

敬启读者，如发现本书有印装质量问题，请与印刷厂联系021-56152633